1920年代の東京

高村光太郎、横光利一、堀辰雄

岡本勝人

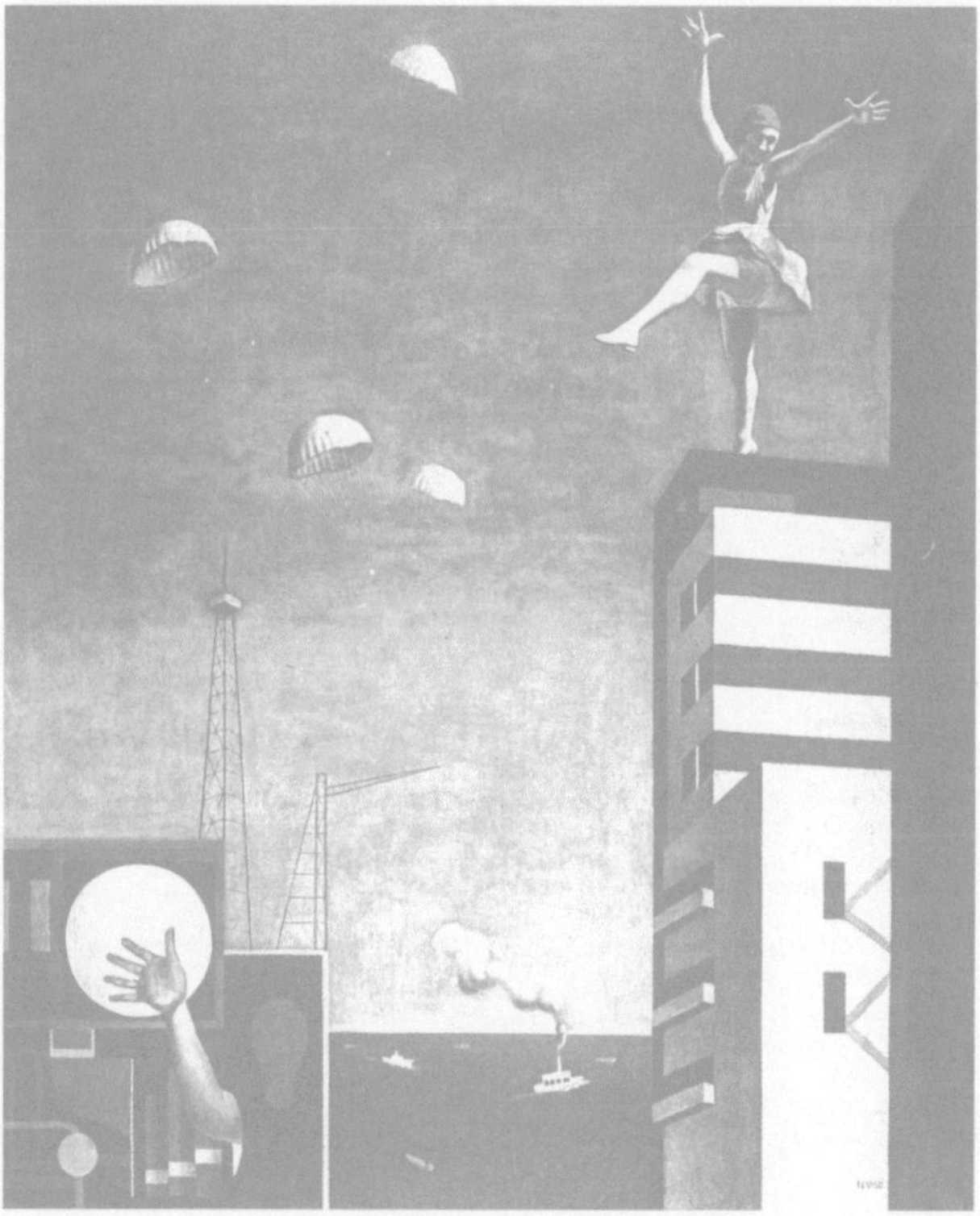

左右社

1920年代の東京　高村光太郎、横光利一、堀辰雄

目次

はじめに

一九一六年（大正五）、夏目漱石が世を去った。享年五十歳。今日ではまだ若い年齢である。当時としてもまだ人生途上の死だった。この年漱石はリューマチの治療のために湯河原で療養をしていたが、糖尿病と胃潰瘍が悪化し、『明暗』を未完のまま残して世を去った。法名文献院古道漱石居士。戦後活躍する政治学者の丸山眞男はこの頃に生まれ、私の父も一九一五年の生まれだ。

森鷗外は一九二二年（大正十一）に亡くなる。享年六十歳である。「早朝より団子阪の邸に往く。森先生は午前七時頃遂に纊《こう》を属《ぞく》せらる。悲しい哉《かな》」（永井荷風『断腸亭日乗』一九二二年七月九日）。後に『父の帽子』を書く森茉莉は、滞在先のロンドンで父の死を知る。同じく鷗外の娘の書いた『晩年の父』（小堀杏奴）は、死の直前のほぼ一年を描いている。私の母はその年に生まれた。

二人の死は明治文学の終焉を印象づけるものだ。文学史を紐解くと、ほとんどが明治文学、大正文学、昭和文学、戦後文学という時代区分になっている。他方、一九三〇年代あるいは六〇年代、八〇年代のような十年区切りの社会史や文学史も存在する。本書では一九二〇年代という区切りを設けたとき、東京とそこに生きた作家や詩人たちの活動がどのようにみえてくるかを問題にしてみたい。一九一四年から一九一九年にかけて、ヨーロッパではあらゆる出来事に時代を刻印する第一次世界大戦があり、ロシア革命があった。二十世紀のあり方を定める新しい芸術や思想や革命の運動は、この時代から生まれ出た。そしてそれはヨーロッパにとどまらず、遠く日本、とりわけ首都東京の文化に大きな影響を与えることになる。その影響は、百年を経た今日もなお続いている。

一九二〇年代に端を発するヨーロッパ・モダニズムや社会主義思想の受け入れには、同時代的な受容もあれば、時間的な遅延を伴う受容もあり、日本的偏差を踏まえた選択的受容もあったであろう。加えて日本では、関東大震災という文明史的な歴史の断層があった。『戦中と戦後の間 1936-1957』をまとめた丸山眞男に「恐るべき大震災大火災の思出」（『丸山眞男 戦中備忘録』）という子ども時代の作文がある。本書でこれから、その「恐るべき大震災大火災」のなかを潜りぬけるように生きた日本の作家や詩人や芸術家の足跡をたどる。そのことは今日、特に意味がある。そこには社会の崩壊と停滞を生きながら、失われた詩《ポエジー》を取り戻す作家や詩人たちの進取の営為があったからだ。

一九三〇年代から四〇年代については、日本ファシズムに収斂していく政治と文学の暗い狭間の光景として、比較的多くの人によって語られてきた。あまり語られることのなかった一九二〇年代は、明治憲法下という限界を蔵しながらも、大正期に発生した自由な文化の萌芽の一面を見事なまでに垣間みせてくれる。百年後の今日からみたとき、この時代がどのような絵像を結ぶか、本書で検証してみたい。

Ⅰ　一九二〇年代とはいかなる時代か

どのような時代区分を採用するにせよ、一九二〇年代を他の時代から画する最大の出来事は関東大震災である。そのことの確認から始めよう。

1　大正の大震災

一九二三年（大正十二）九月一日、関東大震災が起きた。翌二日には戒厳令が布告される。

一九二三年とはどのような年だったのか。震災の前年には文芸の時代、二〇年代初頭を象徴するさまざまな出来事があった。夏目漱石が死んだとき『漱石全集』の編纂校閲をしたのは、森田草平や内田百閒である。後に『東京燃燼』を書く内田百閒は、漱石の死後まもなく法政大学で教鞭を執るようになり、宮城道雄に箏の稽古を受け、初めての創作集『冥土』を出したのが一九二二年（大正十一）、当時二十三歳だった。同年、志賀直哉は唯一の長編小説である『暗夜行路』の後篇を発表した。前篇は前年一九二一年に発表。ちなみに後篇の完結後、一九四三年（昭和十八）十一月「座右寶刊行会」発行の『暗夜行路』には梅原龍三郎、小林古径、坂本繁二郎、武者小路実篤、安井曾太郎、安田靫彦他の挿絵が挟み込まれている。たいへんな豪華版の本だ。戦中のこの充実は、間違いなく一九二〇年代から準備されていたものだった。

『種蒔く人』が創刊されたのが一九二一年二月（一時休刊を経て十月に再創刊）、「日本未来派運動宣言」がなされたのも同じく一九二一年のことだ。震災の影響により志賀直哉が創刊にかかわった『白樺』も『種まく人』も廃刊となるが、この雑誌廃刊の時代は同時に、新しい雑誌を発行させた時代でもあった。

当時、政治的なイデオロギーよりも、芸術至上的な文芸の理論を優先させたのが芸術派である。その代表的存在、小林秀雄が匿名文を寄せていた『文藝春秋』（一九二三年創刊）や『文藝時代』（一九二四年創刊）、そして『文學界』が相次いで発刊されている。小林秀雄、二十歳の頃のことである。社会主義系では『種蒔く人』の創刊に『文藝戦線』（一九二四年創刊）の発刊が続く。震災を契機に時代は新たな局面に差しかかっていた。

漱石の弟子のひとり、芥川龍之介は一九一六年（大正五）に出した「鼻」を漱石に激賞され、続く「芋粥」によって新進作家としての地歩を固めようとしていた。二十四歳の頃のことである。この年十二月十二日に青山斎場で行われた漱石の葬儀には、芥川は漱石門下として受付に立ち、森鷗外から名刺を受け取っている。一九二一年（大正十）には大阪毎日新聞の仕事で四ヶ月中国に赴き、『上海游記』や『江南游記』を書いた。彼の中国滞在は、評判になった「ストレンジャー上海時代の芥川龍之介」（テレビドラマ）がよく描いている。上海の滞在前後から芥川は体調を著しく損ね、日本に戻ると一ヶ月の間、湯河原で療養をしている。田端の自宅で自殺したのは、一九二〇年代の半ばを過ぎた一九二七年（昭和二）七月二十四日のことだ。

芥川が自殺した日、荷風は「銀座太牙《タイガ》」で人と会っていたがその後、電車に乗った。「帰途電車の中にてたまたま鄰席の乗客『東京日〻新聞』の夕刊紙を携へ読めるを窺ひ見るに、小説家芥川龍之介自殺の記事あり」、「余は唯心ひそかに余が三十六、七歳の比《ころ》のことを追想しよくも今日まで無事に生きのびしものよと不可思議なる心地せざるを得ざるなり」（『断腸亭日乗』一九二七年七月二十四日）と記している。この頃荷風は体調を崩していた。休みがちになった慶應義塾大学での講義も辞めることになった。

荷風と同じ洋行経験者、アメリカ留学の後ヨーロッパに渡ってから帰国した有島武郎は、弟の生馬の紹介で年長者として雑誌『白樺』創刊に参加した。一九一〇年（明治四十三）、荷風が慶應義塾大学の教授となり、『三田文學』を創刊した年である。その年の年末には時代に暗雲を投げた大逆事件が起きている。後に『「白樺」派の文学』（本多秋五）に詳細な作品論が書かれる有島は一九二〇年代頃には『惜しみなく愛は奪ふ』（一九二〇）などの作品で各方面からの人気があった。だが妻と父のふたつの死が重なった後、一時創作活動が活発になった時期を経て、やがてスランプがやってきていた。

『断腸亭日乗』をみると、関東大震災直前の七月の記載に「午前愛宕下谷氏の病院に往く。待合室にて偶然新聞紙を見るに、有嶋武郎波多野秋子と軽井沢の別荘にて自殺せし記事あり」とある。有島武郎が軽井沢の別荘で、波多野秋子と自殺を図ったのは一九二三年六月九日のことである。不振に苦しむなかで独り身の有島と婦人編集者との恋愛のもつれが、ふたりの死へと至ったのだ。有島武郎の「宣言一つ」や武者小路実篤の「新しき村」が発表され、時代の空気が社会主義的になってゆく一方で、芸術派の『白樺』の終焉も近づいていた。先に触れたとおり、関東大震災の激震で雑誌『白樺』も、『解放』や『種蒔く人』も、終刊に追いこまれていく。時代の変転は早く、来たるべき未来の姿はまだよくみえなかった。

時代は、大正デモクラシーといわれた明るい雰囲気から変わってゆく。社会主義思想に関心が向けられ始め、近代都市を中心としたモダニズムの動きとも相まって、「日本近代の世紀末」とも呼ぶべき様相を呈してくる。市民社会そのものも混沌としていた。

二〇年代初頭『雨瀟瀟』を出版した荷風の振る舞いをみると、大震災前後の一九二〇年代のある種の暗さがよく伝わってくる。尊敬していた鷗外の死後、『渋江抽斎』などの鷗外晩年の歴史物を紐解きながら、荷風は街を歩いた。当時は向島の弘福寺にあった鷗外の墓や鶴屋南北の墓、雑司が谷にある小泉八雲の墓などを散策するのだ。「夜森先生の渋江抽斎伝を読み覚えず深更に至る。先生の文この伝記に至り更に一新機軸を出せるものの如し。叙事細密、気魄雄勁《きはくゆうけい》なるのみに非らず、文致高達蒼古にして一字一句含蓄の味あり。言文一致の文体もここに至って品致自ら具備し、始めて古文と頡頏《きっこう》することを得べし」(『断腸亭日乗』一九二三年五月十七日)。自らの歴史を書き残すために、資料の渉猟や墓や歴史的事跡への散歩が続く。「毅堂鷲津先生の事蹟を考証せんと欲す」(同年七月二十七日)、「夜大沼枕山の詩鈔《ししょう》を繙《ひもと》く」(同年八月十四日)、「午後谷中瑞輪寺に赴き、枕山の墓を展《てん》す。天龍寺とは墓地裏合せなれば、毅堂先生の室《しつ》佐藤氏の墓を掃い、更に天王寺墓地に至り鷲津先生及外祖母の墓を拝し、日暮家に帰る」(同年八月十九日)。漢詩人の鷲津毅堂は、荷風の母の父である祖父にあたり、父親の師である。この時期、その祖父の事蹟と同時代人の文人へと、荷風の関心はむいていた。

荷風はなぜそのような反時代的な態度だったのか。一九〇八年に帰国した新帰朝者の荷風は、森鷗外の推薦により慶應義塾大学の仏文学の教授として、岩村透や戸川秋骨、小宮豊隆などとともに教壇に立つことになった。当時は『三田文學』を創刊して主宰するなど精力的に活動していた。だがその年の暮れ、大逆事件が起きる。

荷風は通勤の途中で、囚人馬車を目撃している。以来、荷風の文学の転換が起こっている。フランスの象徴派の訳詩集『珊瑚集』の刊行と『日和下駄』の連載を手掛けながら、江戸芸術論を手掛けるようになる。戯作者に身をなぞらえてみせる荷風の時代に背をむける江戸趣味には、内面にアジールを求めざるを得ない社会の暗い影が関係している。『江戸芸術論』がまとめられて春陽堂から出版されたのは、一九二〇年（大正九）三月のことである。

そして、一九二三年九月一日。

午前十一時五十八分がおとずれる。

マグニチュード七・九の大地震が帝都を襲う。

荷風は当日の様子をこと細かく記している。「日まさに午ならむとする時天地忽《たちまち》鳴動す。予書架の下に坐し『嚶鳴館遺草』を読みゐたりしが、架上の書帙《しよちつ》頭上に落来るに驚き、立つて窗《まど》を開く。

門外塵烟《じんえん》濛々殆《ほとんど》咫尺《しせき》を弁せず。児女雞犬の声頻《しきり》なり」、「書巻を手にせしまま表の戸を排《おしひら》いて庭に出でたり。数分間にしてまた振動す。身体の動揺さながら船上に立つが如し」、「ホテルにて夕餉をなし、愛宕山に登り市中の火を観望す」（『断腸亭日乗』一九二三年九月一日）。荷風の住居「偏奇館」は、震災のなかで無事に残った。この麻布の洋館は、荷風自ら趣向を凝らした調度と古書をもつアジール的書斎である。終戦の年の三月、いわゆる東京大空襲により焼失している。

大震災以来の七年は、祖父とその周辺の漢詩人たちを共感をもって書いた『下谷叢話』以外は、荷風の年譜と日記のどこをみても、創作的にはスランプに近い状況だったと言いたくなる。名作『濹東綺譚』が発表されるのは、一九三七年（昭和十二）であるが、荷風の活動はそれまで待たなければならない。他方、精力的な作家活動を展開したのは震災後、田端にあった芥川龍之介だった。関西に住む谷崎潤一郎と論争し、心身ともに、さらなる酷使をし、近親者の雑事にもかかわるなかで、多くの作品に取り組んでいた。芥川と谷崎の対照的な生き方は章を改めて論じたい。

2　モダニズムのあけぼの

視点を転じてみよう。萩原朔太郎は一九一七年（大正六）、処女詩集『月に吠える』を刊行する。「詩とは感情の神経を掴んだものである。生きて働く心理学である。すべてのよい抒情詩には、理屈や言葉では説明できない一種の美感が伴う。これを詩のにおいという」（「序」『月に吠える』）。

この詩集を読んで、日本語による詩の黎明を感じた若き西脇順三郎は、ロンドン航路に赴くに際して鞄に詩集『月に吠える』を入れた。西脇は、第一次大戦後の混乱のなかから始まるダダやシュルレアリズムなどの新モダニズムの台頭するヨーロッパの片隅に旅装を解くと、世紀末文化やアール・ヌーヴォーの彩飾芸術など、「モダン・アートの源泉」（海野弘）たり続けるロンドンの街で過ごすことになる。

詩人にそのとき、いかなる人生の時間が流れたかどうかはわからない。関東大震災の報に接しても、西脇順三郎は所期の目的を達成することを選び、ロンドンから帰国することはなかった。留学を終えて、マルセイユから北野丸で帰国し、母校慶應義塾大学の教授となるのは、三十二歳の年、一九二六年（大正十五）のことである。

萩原朔太郎の話に戻ろう。上田稲子と結婚して前橋に住んだふたりのあいだに長女葉子が誕生したのが一九二〇年である。震災前に準備を進めていた詩集『青猫』は、一九二三年（大正十二）の一月に出版された。そこに描かれている東京は、震災の影のない美しい都市の風景である。

この美しい都会を愛するのはよいことだ

この美しい都会の建築を愛するのはよいことだ
すべてのやさしい女性をもとめるために
すべての高貴な生活をもとめるために
この都にきて賑やかな街路を通るのはよいことだ
街路にそうて立つ桜の並木
そこにも無数の雀がさえづつてゐるではないか。

ああ　このおほきな都会の夜にねむれるものは
ただ一疋の青い猫のかげだ
かなしい人類の歴史を語る猫のかげだ
われの求めてやまざる幸福の青い影だ。
いかならん影をもとめて
みぞれふる日にもわれは東京を恋しと思ひしに
そこの裏町の壁にさむくもたれてゐる
このひとのごとき乞食はなにの夢を夢みて居るのか。

（萩原朔太郎「青猫」『青猫』）

その後朔太郎は『蝶を夢む』と、「愛憐詩篇」「郷土望景詩」からなる『純情小曲集』とを次々発刊する。一九二五年（大正十四）二月には、妻子を伴って上京。詩人にとって、大正の末年、震災後の荒んだ東京での都会の生活はどうだったのだろうか。「人類の歴史」を語る「青い猫」の「影」となった朔太郎は、田端や馬込に移り住むと、芥川龍之介や室生犀星の居宅へと頻繁に行き来している。やがて世紀の悲劇と化す昭和という激烈な時代の映像は、目と鼻の先までやって来ていた。

芥川の死に強い衝撃をおぼえた朔太郎にとって、東京での生活はどのような人生の時間だったのだろうか。朔太郎は、妻の稲子が若い男性と出奔するという悲運のうちに一九二九年（昭和四）、娘二人と帰郷する。

わが故郷に帰れる日
汽車は烈風の中を突き行けり。
ひとり車窓に目醒《めざ》むれば
汽車は闇に吠《ほ》え叫び

火焔《ほのほ》は平野を明るくせり。
まだ上州の山は見えずや。
夜汽車の仄暗《ほのぐら》き車燈の影に
母なき子供等は眠り泣き
ひそかに皆わが憂愁を探れるなり。
嗚呼《ああ》また都を逃れ来て
何所《いづこ》の家郷に行かむとするぞ。

（萩原朔太郎「帰郷」『氷島』）

「都」から逃れて「家郷」に赴く詩集『氷島』は、世田谷に移った後の一九三四年（昭和九）にようやく出版された。「帰郷」はロマン派の重要なテーマである。詩集こそほとんど十年ぶりだが、一方で『四季』や『日本浪曼派』の同人となり、『萩原朔太郎全集』第十巻に収められている『詩人の使命』や『無からの抗争』、『日本への回帰』の評論をこの頃精力的に上梓している。当時の朔太郎の心身の健康は、昭和という時代の暗雲の流れとともにあったといっても良い。太平洋戦争開戦翌年、一九四二年（昭和十七）までのその人生はわずかに八年の余命を残すばかりだった。

もうひとつ、モダニズムの見逃せない磁場がある。帰朝後の西脇順三郎は、一九二六年（昭和元）に職を得た慶應義塾大学での講義を終えると、自宅に学生たちを集めるのが常だった。西脇はそこで瀧口修造、佐藤朔、上田敏雄、上田保、三浦孝之助たちと言語芸術やモダニズム芸術について激論を戦わせていた。この時期、西脇順三郎は「シュールレアリズム・アンソロジー」の『馥郁タル火夫ヨ』に、象徴的な詩からなる「脳髄は塔からチキンカツレツに向って永遠に戦慄する」という序文を寄稿している。さらには後に『四季』を主宰することになる作家の堀辰雄と出会っている。

一九二八年（昭和三）になると西脇は、象徴主義から出発し、やがてモダニズムに転じる春山行夫編集の『詩と詩論』に、「J・N」のイニシャルで毎号のように執筆するようになる。『詩と詩論』は「旧詩壇の無詩学的独裁を打破し、今日のポエジーを正当に表現し得る、新しき詩壇の主導機関」を目指して、「詩の自律的価値領域のなかにモダーニティを探求する、組織的な言語実験の場として、方法的自覚」をもつ集団だった。春山行夫と北川冬彦を中心に、自動記述法、内的独白、意識の流れなどの詩学の方法や言語的な詩の技術の試みも散見され、今日の詩にみえるカッコの多用こそないが、カタカナや活字の大きさを変化させるなどの共通点が多くみられる。その意味でも『詩と詩論』の存在は、今日の現代詩（モダニズム系である戦後詩とポスト・モダン詩の系譜）の潮流の大きな流れのひとつである。

特筆されるべきことは、モダニズムの『詩と詩論』と芸術派の『山繭』が当時、並行して活動する場となっていたことだろう。ロダンの代表作から誌名を得た『青銅時代』から移行した『山繭』は、柳宗悦の甥で美術評論家となった石丸重治が同じく主宰する雑誌であり、永井龍男、富永太郎、河上徹太郎らとともに初期の同人に名を連ねる小林秀雄は府立一中で石丸重治と同級だった。

同誌には西脇順三郎の弟子の瀧口修造もかかわっていた。『瀧口修造の詩的実験 1927-1937』に、「地球創造説」を始め、『山繭』に掲載された詩が六篇、『詩と詩論』に掲載されたものが六篇（後継誌『文学』に五篇）収められている。

夜の旅行者は
不可解な夜の手錠を
肉片のように
喰い散らす

声のない夜半に
ゴビ砂漠気附で届く

擬態の手紙がある
言葉の罐詰を
飢えた永遠の鳥たちは
肉片と間違えるのだ

一夜
人間の贈り物は
花のように燃えていた

（瀧口修造／マックス・エルンスト「七つの詩」『瀧口修造の詩的実験 1927-1937』）

「地球創造説」は『山繭』に発表され、翌年『詩と詩論』に転載されている。その経緯はよくわからないが、その頃の瀧口修造の存在が、小林秀雄と西脇順三郎をつなぐちょうつがいのような存在であったことは強調されてよい。小林秀雄の『無常といふ事』から『モオツァルト』への転換は、西脇順三郎の『*Ambarvalia*』から『旅人かへらず』の同じ位相転換であり、戦中から戦後の活動においては、ふたりは遠い別々の時空にいるようでいて、ある逆説的な距離をもって共有された世界を体験していたのだ。そのことは拙著『詩的水平線　萩原朔太郎から小林秀雄と西脇順三郎』に詳細に論じてある。『山繭』はその後、芸術派の『文學』、『作品』と変転し、『詩と詩論』は春山行夫編集の『文學』と、北川冬彦の編集として発行される『詩・現実』とに分裂した。この変転に時代の思潮と作家や詩人たちのパノラマが、動態的な図像となってみえてくるようだ。

雷鳴ノヨウナ化身
アノ海上ノ抽象ハ何モ語ラナイ
子午線ノ花ノ乳齢ハ凡テノ気象学ノ上遥カニ
マドラカナ夢ヲミル

（瀧口修造「地球創造説」）

繰り返すが小林秀雄と西脇順三郎の両者の交流は、表面上はなかった。しかし『山繭』と『詩と詩論』が同時代的な活動であり、瀧口修造という存在が、ふたりを近いものにしていたのは間違いない。瀧口はその詩集の「添え書き」に「これを編むにあたって思い浮かぶのは「山繭」「衣裳の太陽」「詩と詩論」などの多くの友人たちであり、わけても西脇順三郎氏のことである」と西脇順三郎への尊崇の念を記している。

> 私が書いたものが始めて印刷されたのは「山繭」であったと思う。それは一九二五年（大正十四年）六月号からで、富永太郎の死の直後、永井竜男氏の勧めによるものであった。この集に収めたのは同誌の一九二七年（昭和二年）七月号からであり、それ以前のものは多く入手不能の理由以外に、私の判断で排除した。それ以前のものは、まだダダ、シュルレアリスムの影響のあらわれぬころのもので、一言でいえば、ヴィリアム・ブレイクの遠い反響とアンティミスムとでもいえるようなものであって、私にとっては二年間の北海道での放浪のあとの空隙状態の所産であったはずである。
>
> （瀧口修造「添え書き」『瀧口修造の詩的実験 1927-1937』）

新帰朝者であった西脇順三郎は、一九二〇年代の文学的磁場に遅れて登場したが、一九二九年（昭和四）には『超現実主義詩論』を出版している。後に、文学史に不朽の名を残すことになる詩集『*Ambarvalia*』の発刊は、一九三三年（昭和八）の秋になるまで待たなければならなかった。洋行の「旅人」の「地中海」への憧れに色濃く染め上げられていたために、この詩集に震災の影響は表面上はみられない。しかし日本に帰国したモダニストとして、第二次世界大戦中から書き継いでいくことになる『旅人かへらず』の「自然」(故郷)の詩につながる予兆がみえる。震災のときには外国にあった西脇順三郎は、戦争という時代状況の深刻さのなかで、統制や官憲の影響から書くこともできずに、アジール的で内的な自然と書画の世界へ沈潜したまま、自省しつつ煩悶していた。そして終戦になるといちはやく故郷の小千谷を出て三田に赴き、すぐさまに教壇に立つことになる。

萩原朔太郎や室生犀星から絶賛された詩集『*Ambarvalia*』から一篇を引いておく。

汝カンシャクもちの旅人よ
汝の糞は流れて　ヒベルニアの海
北海　アトランチス　地中海を汚した
汝は汝のむらへ帰れ
郷里の崖を祝福せよ
その裸の土は汝の夜明だ
あけびの実は汝の霊魂の如く
夏中ぶらさがってゐる

（西脇順三郎「旅人」『*Ambarvalia*』）

3　『四季』と新しい文学運動

『*Ambarvalia*』が刊行された一九三三年（昭和八）は、堀辰雄と三好達治と丸山薫の共同編集の『四季』が発刊された年である。『詩と詩論』が戦後のモダニズムに影響したように、『四季』は現代詩につらなる影響を強くもつ抒情詩の詩群からなっていた。そして当時の時代を反映して、自然主義文学や私小説の根強い日本的伝統が認められる。また『四季』には、モダニズムの影響から得られた言語文化の革新性を踏まえて、その両者をいかに乗りこえてゆくのかという難題があった。「「四季」派の本質」（吉本隆明）が指摘するように、日本の風土に西洋的な鍬を入れつつ、詩の感性的な秩序に苦慮する詩の系譜である。モダニズムは、第一次大戦後の西ヨーロッパの精神の危機を反映するものであった。ダダイズムも未来派も表現派も、核心的部分では、伝統に対する破壊的な志向と表現をめざしている。『四季』の中心人物たちは、ほとんどが西洋モダニズムを知悉した上で、それをくぐって来た日本的抒情を模索する系譜にある。

ランボーからヴァレリーに至る象徴主義に影響を受けた小林秀雄と東京帝国大学で同級であり、すでに広く詩人として認められていた三好達治が『四季』派を代表する詩人であった。三好達治はフランス語とフランス詩を通じて、モダニズムを経験している。三好達治は三十歳となった一九三〇年（昭和五）の十二月、第一詩集『測量船』をようやく上梓する。

夕ぐれ
とある精舎《しょうじゃ》の門から
美しい少年が帰ってくる

暮れやすい一日《いちにち》に
てまりをなげ
空高くてまりをなげ
なほも遊びながら帰ってくる

閑静な街の
人も樹も色をしずめて
空は夢のやうに流れている

（三好達治「少年」『測量船』）

芸術の『文学』の事実上の後継誌である『四季』は、一九三〇年代から現在まで持続している。一九三〇年代の『四季』は、保田與重郎たちの『コギト』や『日本浪曼派』と同人が相互に浸透する入れ子細工となって、日本の歴史や風土における正統的な抒情詩の復興を志向したのである。

自然主義文学に対峙するもう一方の存在は白樺派であった。その中心人物のひとり志賀直哉が、武者小路実篤や柳宗悦のいる千葉県我孫子から京都の粟田口へ、さらに京都の郊外の山科へ居を移したのは、震災直後、一九二三年（大正十二）の十月であった。四十歳の直哉が関東大震災の報に接したのは、粟田口にいたときである。

なおそのとき箱根にいた谷崎潤一郎は、震災後すぐに京都へ移り、その後、兵庫県の本山や岡本に住んだ。一九二四年（大正十三）から一九二五年（大正十四）にかけて書かれた「ナオミ」を主人公とする『痴人の愛』は谷崎の震災後の出発点となり、モダンガールやモダンボーイの流行と歩調を合わせた東西の流行現象となる。堀口大學はポール・モーランの『夜ひらく』を訳出し、ドイツ表現主義の映画『カリガリ博士』が公開され、ゲオルグ・カイザーの戯曲『カレイの市民』も訳出された。当時の文化風景のひとつである。一九二〇年に、「朝鮮の友に贈る書」を発表し、後に民藝運動を提唱する柳宗悦も、このとき、大震災による長兄の悦多の死亡に遭遇し、やがて京都市上京区へ移住する。木喰仏発見の頃である。

有島武郎が亡くなり、関東大震災にみまわれると、反自然主義と高い理想主義、強い自己肯定を標榜した雑誌『白樺』はやがて廃刊となる。震災による経済的な困窮の影響もあるが、『白樺』同人のそれぞれの活動が軌道に乗り始め、独立に動き始めるような気配もみえていた。

震災以後、一九二〇年代の後半は復興に向かいながらも空洞のような時代であった。そこに新しい文学運動としてのプロレタリア文学と新感覚派の文学が、それぞれ運動として台頭してきていた。川端康成が一高生として伊豆を旅したのは震災前のことである。そして震災翌年に発刊された『文藝時代』に、「伊豆の踊子」は発表された。震災で失われた東京の都会の風景のなかで、郊外の伊豆を想起した「第二の故郷」の青春の追想が、故郷を喪失した作家の脳裡にはあった。『文藝時代』には、思索と表現の「あいだ」にあって文体の革新と時代の変革へ敏感に反映した横光利一を中心に、川端康成、片岡鉄兵、中河与一、今東光、佐々木茂索などが集まり、新感覚派を形成したのである。

震災からの復興には七年を要するといわれた。そうしたなかで、東京の地に踏ん張って住み続けたのが、先にも触れたとおり永井荷風と芥川龍之介である。永井荷風は、焼け残った偏奇館の庭を独り掃きながら、都市の崩壊の模様をみようと東京の街に出かけている。

災後心何となくおちつかず、庭を歩むこともなかりしが、今朝始めて箒《ほうき》を取りて雨後の落ち葉を掃《はら》う。

（永井荷風『断腸亭日乗』一九二三年九月十八日）

災後市中の光景を見むとて日比谷より乗合自動車に乗り、銀座日本橋の大通を過ぎ、上野広小路に至る。浅草観音堂の屋根広小路より見ゆ。銀座京橋辺よりは鉄砲洲《てっぽうず》の帆柱もよく見えたり。

（同十月十六日）

4　中原中也と小林秀雄

中原中也と小林秀雄との三角関係で知られる長谷川泰子がいる。広島出身の彼女は、女優を志し出奔して郷里を出て来たものの、東京で震災に遭うと最初に落ち着いた東京の滞在地から逃げ出し、関西の京都に移り住む。そこで出会ったのが中原中也である。

中原中也と小林秀雄の年表をたどってみよう。一九二三年（大正十二）、山口から京都に出てきた中原中也は、京都の町で長谷川泰子と出会い、翌年、大将軍西町で同棲生活を始める。さらに翌年になると、寺町のあたりを点々として暮らしたが、やがてふたりは上京することになる。福島泰樹氏は「関東大震災後の帝都復興にわきたつ大正十四年三月、十七歳の詩人は、年上の女をともない、省線高田馬場を下車、東京での一歩をしるした」と書く。『中原中也帝都慕情』と『中原中也の鎌倉』は東京での中也の足跡を自らの足で追った名著である。

京都で中也は、高橋新吉の『ダダイスト新吉の詩』（一九二三）に感動すると同時に、富永太郎と出会っていた。泰子と東京に出てくると、早稲田界隈の鶴巻から戸塚に暮らし、ふたりは富永太郎の紹介で小林秀雄に出会っている。その後、中野、高円寺に転居するのだが、このあたりについては大岡昇平の名著『中原中也』に詳しい。大岡昇平の『中原中也』『富永太郎』に触発されて三人の激しい緊張を書いたのが、『大岡・中原・富永』（粟津則雄）である。こうして奇怪ともいえる三角関係に巻き込まれた秀雄と中也のふたりであるが、この頃、中也は詩人として不朽の名を残す作品を生み、小林秀雄は文芸評論家として出発することになる。

中也の詩は、『白痴群』の創刊に先立つ石丸重治主宰の『山繭』に発表された。「一ツの脳髄」を『青銅時代』に発表していた小林秀雄はこの『山繭』には『女とポンキン』（掲載時「ポンキンの笑い」）を発表している。先にも触れたように『山繭』には石丸のほか、小林秀雄、永井龍雄が名を連ねているが、発刊当初の中心はなんといっても富永太郎だった。しかし富永太郎は長く生きることはなく、一九二五年に早世する。わずか二十四歳の人生だった。その後の『山繭』を担ったのは中原中也と瀧口修造である。中也の一九二〇年代といえばこの時期、カソリックの風土をもつ中也は自家の「中原家累代之墓」の墓碑銘を墨書し、念仏にも関心をもち、法華経に心酔する宮沢賢治の『春と修羅』にも出会っている。さらには、泰子が小林秀雄のもとに去った後、詩「朝の歌」を小林秀雄にみせている。清水宏監督の初期、松竹蒲田時代の作品にも出演することになる女優でもあった長谷川泰子は、中原中也と小林秀雄をつなぐ蝶番の役目を果たした運命の女性（ファム・ファタル）であった。

中原中也の詩集『山羊の歌』『在りし日の歌』から、友情というメンタリティを醸し出している詩を引用しておこう。

天井に　朱《あか》きいろいで
　戸の隙を　洩れ入る光、
鄙《ひな》びたる　軍楽の憶《おも》い
手にてなす　なにごともなし。

小鳥らの　うたはきこえず
　空は今日　はなだ色らし、
倦《う》んじてし　人のこころを
　諫《いさ》めする　なにものもなし。

樹脂《じゅし》の香に　朝は悩まし
　うしなひし　さまざまなゆめ、
森竝は　風に鳴るかな

ひろごりて　たひらかの空、
　土手づたひ　きえてゆくかな
うつくしき　さまざまの夢。

（中原中也「朝の歌」『山羊の歌』）

石丸重治を介して、小林秀雄は志賀直哉だけでなく、西脇以後、日本のモダニズムの直流である慶應系の瀧口修造にも出会う。間接的ではあったが、小林秀雄と西脇順三郎は近くにいた様子がみえる。例えば滞欧中に西脇順三郎は、二度目の渡欧をした柳田國男の面識を得ているが、戦後に柳田の出版を多く手がけたのは、小林秀雄が顧問をしていた創元社である。このことは日本のモダニズムの受容史にとって重要な点である。繰り返しになるが指摘しておきたい。小林秀雄や河上徹太郎によるランボーやヴァレリーの象徴詩の日本的な受容と、西脇順三郎の超現実主義が、柳田國男という存在も含みながら出会っているのである。

小林秀雄と中原中也のことに戻ろう。一九二五年（大正十四）の十一月、小林秀雄は杉並町天沼にて、中也のもとを去った長谷川泰子と同棲生活を始めていた。

> 小林はいつもよく勉強しておりました。一緒に電車に乗っても、たいてい本を読んでおりました。私は小林の一所懸命に勉強している姿を、素敵だと思っておりました。あの人が黙っているときの感じというのはすごく魅力的でした。それで、私はいつでも小林、小林っていっちゃって、もう甘ったれて子どもみたいになってしまっていました。一人じゃなにもできない人間になっていたんです。
>
> （長谷川泰子・村上護編『ゆきてかへらぬ中原中也との愛』）

この同棲生活のなかから書かれた作品が、一九二六年十月「仏蘭西文学研究」第一号に掲載された、「人生斫断家《しやくだん》アルチュル・ランボウ」(「ランボウ I」)である。それは、中原中也という生身の詩人の実像を写したランボー論ではないかと思われるものだ。「この孛星《はいせい》が、不思議な人間厭嫌《えんけん》の光を放ってフランス文学の大空を掠《かす》めたのは、一八七〇年より七三年まで、十六歳で、既に天才の表現を獲得してから、十九歳で、自らその美神を絞殺するに至るまで、僅かに三年の期間である」(「ランボウ I」)。

当時の小林秀雄は、神奈川の鎌倉の長谷から逗子、東京の芝区白金町から中野へと転居する間に、「芥川龍之介の美神と宿命」、卒業論文「アルチュル・ランボウ」を書いた。潔癖症のある泰子が神経症を発症し、ふたりの生活は都内と鎌倉を行きつ戻りつする日々である。

やがて一九二八年(昭和三)五月、小林秀雄は単身大阪、奈良へ出奔する。奈良には山科から奈良市の幸町に居を移した志賀直哉がいた。柳宗悦の年譜には一九二四年(大正十三)の七月頃、一高生の小林秀雄を山科の志賀直哉に紹介すると記されている。ちなみに志賀直哉が『暗夜行路』を完成させた幸町から同じ奈良の高畑の家に移ったのは一九二九年(昭和四)であった。

小林は私がつぎつぎ発する質問にも、その夜はうまく答えてくれませんでした。それで私は、小林に「出て行け」と叫んだんです。

私はまさかと思いましたが、小林はそのまま出て行ってしまいました。夜中の二時ごろだったでしょう。着物を着て下駄をはいておりました。その下駄の足音がだんだん遠ざかって消えて行きました。はじめのうちは、すぐ帰って来てくれるだろうと思っていました。だけど、小林はもう二度と、私のところに帰って来ませんでした。

（長谷川泰子・村上護編『ゆきてかへらぬ中原中也との愛』）

中也は、泰子のもとを去った小林の所在を探しまわる。しかし、泰子は中也のもとに帰らず、小林も泰子のもとには帰らなかった。半年後、小林は東京の出端に帰ってくる。たった半年間ではあったこの時間は、小林秀雄の人生にとってどのように流れたのだろうか。この後、「外部」の思考を経由した「様々なる意匠」を発表し、一九二九年の『改造』九月号で第二席になり、作家論「志賀直哉論」へと続く評論によって、小林秀雄は文芸評論家として出発する。

「吾々にとって幸福な事か不幸な事か知らないが、世に一つとして簡単に片付く問題はない」、この間の複雑な感情を念頭において、小林秀雄はそう書き始めている。「文学の世界に詩人が棲み、小説家が棲んでいる様に、文芸批評家というものが棲んでいる。詩人にとっては詩を創る事が希いであり、小説家にとっては小説を創る事が希いである。では、文芸批評家にとっては文芸批評を書く事が希いであるか？」「人は様々な可能性を抱いてこの世に生れて来る。彼は科学者にもなれたろう、軍人にもなれたろう、小説家にもなれたろう、然し彼は彼以外のものにはなれなかった」。こうして「彼以外のものにはなれなかった」文芸批評というものをひとつの仕事に鍛え上げていく小林秀雄は、自らに「批評とは竟《つい》に己れの夢を懐疑的に語る事ではないか！」と問うた。それは、長谷川泰子との生活の清算宣言であると同時に、中原中也の詩の魔力に対する批評からの別離と新たな出発であったといえる。そこには「己の夢を懐疑的に語る」非在＝像の批評があった。

　私は中垣と一緒に、急いで鎌倉の中原を見舞に行きました。病院に着いたときは酸素吸入をしておりました。中原はその酸素吸入だけで生きていたような状態だったから、私が見舞に行ったのもわかりませんでした。

　中原のお母さんや、奥さんがそばにおられ、ほかにも何人か病室に入っていたから、私は遠くから中原を見ただけで帰りました。

　中原の意識はもうなかったようだけど、手を横にふっていました。誰かが「字を書いているみたいだ」といっていました。私が中原を見舞って帰った翌日の十月二十二日に、中原は亡くなりました。

(長谷川泰子・村上護編『ゆきてかへらぬ中原中也との愛』)

長谷川泰子と実業家中垣竹之助氏の援助によって、その後、「中原中也賞」が設けられることになる。第一回の受賞者は立原道造だった。堀辰雄とも親交があり、ソネット詩でその存在を知られる立原道造は、そのとき病いの床にあり、没後『四季』の主宰で授賞式を兼ねた追悼会が催された。

本書の発端に一九二〇年代の東京で、作家や詩人たちはどのような活動をしていたのだろうかという疑問があった。いくつかの例証を訪ね歩き、今日の私たちの閉塞して歪んだ文化状況や社会状況と重ねてみることで、なにかひとつの真理の道筋が歴史のなかにみえてくるのではないだろうかという素朴な思いもあった。これまでみてきたように、大震災からそれぞれの影響を受けながら、一九二〇年代後半になると、東京では新しい文芸が花開く。しかし大正期と昭和期にまたがって生まれたこの文化状況は、やがて満州事変や上海事変から太平洋戦争へと流れていく時代と、時間軸をひとつにしていることも忘れてはならない。

一九二〇年代は、戦争の時代をくぐって盛んになる作家や詩人たちの文字どおりの胎動期であった。「荒地」派の詩人鮎川信夫が生まれたのが一九二〇年である。鮎川信夫については拙著『「生きよ」という声鮎川信夫のモダニズム』に、詳細を記した。関東大震災の年に生まれた田村隆一が「若い荒地」で書くように、「荒地」派の詩人たちはみな、この頃に生を受けた。ちなみに「第三の新人」の作家安岡章太郎も阿川弘之も一九二〇年生まれである。

時代が大きく傾き始める一九三〇年代と比べ、この空白とも思われる十年間こそ、偉大なものが生まれる準備がなされた時代なのではないだろうか。『近代日本総合年表』を紐解けば一九二〇年代最後、一九二九年の欄には小林秀雄「様々なる意匠」や西脇順三郎「超現実主義詩論」、古河春江「素朴な月夜」、川端康成「浅草紅団」が既に記されている。

臼井吉見の『大正文学史』をみると、「明治四十三年（一九一〇）から、昭和二年（一九二七）にいたる期間を文学における大正期と考えたい」として、その三十年余りを「大正前期」と「大正後期」に区分している。「大逆事件」と明治天皇の死から「乃木殉死」に始まり、関東大震災後の「大杉栄の虐殺」と「芥川龍之介の自殺」によって終わる時代である。小田切進は『昭和文学の成立』のなかで、「関東大震火災と文学」の章を特に設けている。「日本では第一次大戦後のアヴァン・ギャルド芸術運動が、関東大震火災後に注目され始め、新感覚派の文学もまた大震火災後に一種の前衛的な文学運動として展開され、広く注目されるに至った」。巻末の「昭和文学年表」は、一九二一年（大正十）から記されている。その劈頭にある文学的事項は志賀直哉の『暗夜行路』と永井荷風の『雨瀟瀟』の発刊である。

現在と過去との対話である歴史とは、取り出されたひとつの時代である。極言すれば、歴史とはいかようにでも読むことが可能なテクストであり、新たな読みが、新たな歴史を可能にする。次章以降の各章は、それぞれ数名の文学者に注目しながら、独立して読めるように記した私なりの歴史のヴァリエーションである。

II　大震災と改元

　一九二〇年代の東京を語るとき、私たちはふたつの大きなエポックに出会う。ひとつは一九二三年（大正十二）九月一日に起こった、相模湾底を震源地とする関東大震災である。もうひとつは、一九二六年（大正十五）十二月二十五日の「大正」から「昭和」への改元である。本章では、『白樺』に深く共鳴していた中川一政とシュルレアリスト古賀春江、そして中川の『白樺』から逸脱する側面に惹かれたと語る中野重治が創刊に参加した雑誌『驢馬』をめぐる文学者たちに目を向け、このふたつのエポックの刻まれた一九二〇年代の風景をみてゆくことにする。

1　関東大震災

午前十一時五十八分三十二秒。マグニチュード七・九。昼食時に発生したことにより、東京市内約八十ヶ所から火の手が上がり、三日間も燃え続けた。さらには津波が襲来する。三浦で約六メートル、洲崎で約八メートル。通信と交通機関だけでなくガス・水道・電気のすべてが停止する。流言がとび、人心が動揺する。戒厳令公布。支払猶予令公布。

死者　　　約十万
行方不明　約四万五千人
家屋全壊　約十三万戸
家屋半壊　約十三万戸
家屋焼失　約四十五万戸

（小沢健志編『写真で見る関東大震災』）

遡ること十年以上前、一九一〇年（明治四十三）の五月に大逆事件があった。その後十月に日韓併合がなされると、朝鮮総督府官制により寺内正毅陸軍大臣が初代の朝鮮総督に任命された。以来、朝鮮半島だけでなく国内でも、民族間の緊張と摩擦が高まっていた。地震直後の混乱のなかで、流言による不安から朝鮮人の迫害があり、数千人が殺される事件が起きる。多くの朝鮮人だけでなく、東京南葛（南葛飾地区）では、組合員の労働者が殺されるという事件も続発している。

アナーキストの大杉栄、伊藤野枝らが、憲兵隊内にて甘粕正彦憲兵大尉によって扼殺される事件もこのときに起こっている。地震そのものによる被害の大きさに加え、時代が暗い方へと進んでいたことも見逃せない。明治憲法下の日本は、近代国家形成期の立憲君主制である。そうした社会構造の問題点を歴史の底から炙りだしたのが、朝鮮問題の告発と反天皇制へと収斂する、アナーキズムを信奉する者たちの運動だった。ここには明治憲法下の政治改革の思考への限界もみて取れる。なぜならば、朝鮮民族とアナーキストが当時の社会で直接的に抵触するものの核心には、明治憲法によって規定された市民社会と市民生活に親和性をもちながらも抑圧的な日本的王政（制）の構造があったからである。

震災は東京の姿を物理的に変容させた。磯田光一『思想としての東京』は「近代文学史論ノート」という副題をもつ。巻頭には二枚の「東京都市計画地図」が掲載されている。一枚は一九二一年（大正十）十一月に描かれた、震災直前の都市計画の地図だ。もう一枚は一九二五年（大正十四）一月のもので、震災後の昭和の東京の運命を決定した地図である。東京の西半分を「居住地域」とし、中央に「商業地域」が描かれている。下町が「工業地域」と定められていた様子がうかがえる。

やがて、この工業地域である下町はＢ２９の大空襲を受けることになる。戦中の歴史については、

『増補「戦中体験」の戦後史』（成田龍一）の第三章「「証言」としての戦争（一九六五―一九九〇）」の「空襲」の証言／証言収集が参考となる。一方、震災後の生活空間である居住区域は新宿、池袋、世田谷の各方面に、大きく膨張していかざるをえなかった。

文化、特に絵画の世界に震災が与えた影響はどうだっただろうか。この年、まさに九月に予定されていた院展も二科展も中止となった。ちなみに映画界では、松竹蒲田撮影所は京都の下加茂に、日活の向島撮影所は京都の大将軍に移っている。この頃、美術と文学とは今日よりもずっと近しい関係にあった。なかでも『白樺』は文芸雑誌でありながら、美術雑誌としての性格を強くあわせもっていた。文学と美術とが細分化されずに相互に浸透し、「美術」という語に文学、絵画、彫刻などの芸術を込めるような活動だった。『池袋モンパルナス　大正デモクラシーの画家たち』（宇佐美承）が描く「長崎アトリエ村」の若い芸術家たちは、「白樺」と「ふらんす　パリ」から共時的な影響を受けていた。百六十冊も発刊が続いてきた雑誌『白樺』も震災により印刷所が焼け、物資もままならなかったために廃刊を余儀なくされる。

初代横浜税関長の有島武を父として、兄に有島武郎、弟に里見弴をもつ有島生馬という洋画家がいる。有島生馬は、東京外国語学校のイタリア語科を卒業すると藤島武二に師事し、ローマの国立美術学校とパリに五年間留学する。この間にセザンヌの回顧展に接し、後期印象派の影響を受けた。

帰国後、『白樺』誌上に「画家ポール、セザンヌ」を書き、日本で初めてセザンヌという画家をくわしく紹介した。後には『回想のセザンヌ』（エミール・ベルナール）を翻訳している。

美術雑誌でもあった『白樺』ではすでに、一九一〇年十一月号で「ロダン」の特集が組まれていた。一九一八年一月号の「ロダン追悼記念附録」以後、高村光太郎は『ロダンの言葉』を翻訳掲載した。こうして美術と文学は出会っていた。志賀直哉と武者小路実篤は浮世絵を三十枚買って、彫刻家ロダンに贈っている。十九世紀後半の印象派と日本の浮世絵版画との関係は、『ジャポニスム　印象派と浮世絵の周辺』（大島清次）に詳しく研究されているとおりである。ロダンは贈られてきた浮世絵をたいそう喜び、その返礼として、現在は大原美術館にある「ロダン夫人像」「或る小さき影」「巴里ゴロツキの首」の三点のブロンズ像を日本の友に贈ったのである。ロダンからの品物を横浜税関まで取りに行ったのが、若き日の柳宗悦であった。一九一一年の暮れのことである。

震災から十年の歳月が流れていた。有島生馬は一九三三年（昭和八）の二科展に「大震災の印象」という絵を出品している。この絵に描かれた自動車のナンバープレートには「１９２３」という西暦の数字が記されていた。『絵画のなかの言葉』（ミシェル・ビュトール）のように「絵画」のなかに「西暦年」を描く有島生馬の筆づかいは、濃密な色感と韻律的な筆触が持ち味だ。描かれたのは、炎と煙に噴き上げられ、巷に人々が逃げ惑っている姿である。生馬の脳裏に刻まれた関東大震災当時の絵像を背景に、そこには大正期を代表する人々が配されている。「画面最右端に里見弴、車の後ろで天を仰ぐ大杉栄、手前の帽子をかぶった後藤新平、双眼鏡をもつのは軍人山本権兵衛、更に左には、震災の様子、島崎藤村、馬に乗る有島生馬、中央の手ぬぐいをかぶった和服姿の女性は大正期の三美人のひとり柳原白蓮」という具合である。

　さまざまな縁を抱えながら、人々のあいだに水平に織りなす歴史がある。関東大震災という事象があらゆる人の人生を横切ってゆく。一方、一人ひとりの生は垂直に貫かれてゆく。生馬の、関東大震災という大きな変動期に直面した時代をみつめる視線には、金沢から出て来た中野重治の作家のものをみる視線との同調がある。ここでしばらく中野重治の一九二〇年代に目をむけておこう。

　辛よ　さようなら
　金よ　さようなら
　君らは雨の降る品川駅から乗車する
　李よ　さようなら
　も一人の李よ　さようなら

君らは君らの父母の国にかへる
君らの国の川はさむい冬に凍る
君らの叛逆する心はわかれの一瞬に凍る

（中野重治「雨の降る品川駅」『中野重治詩集』）

「雨の降る品川駅」（一九二九）は、「夜明け前のさよなら」や「歌」とともに、中野重治の代表的な詩である。〈おまえは歌うな／おまえは赤ままの花やとんぼの羽根を歌うな／風のささやきや女の髪の毛の匂いを歌うな〉（「歌」）と、「四季」派や日本浪曼派の感性と文体の息遣いで、それらの詩を否定する衝撃的な詩を中野重治は書いた。芸術派から、「機関車」「帝国ホテル」や「汽車」の連作が示す都市と抵抗を描くプロレタリア詩へと架橋してゆく、時代の詩の意匠である。

中野重治には、戦前の金沢での青春時代を三編の連作にまとめた『歌のわかれ』がある。戦後には、続く自伝的小説『むらぎも』を上梓する。そこにちょうど、関東大震災前後の時期が描かれている。東京で被災した後、東京本郷で学びながら、東大新人会に接近していく頃を描いた小説である。雑誌『驢馬』を通じて堀辰雄や晩年の芥川龍之介とも交流をもつが、のちに思想的に対立する立場に立つなど、中野重治の周囲には、昭和文学史で語られることの多い重層的な文学空間が存在している。

金沢から上京した中野重治は、関東大震災の直前に東京の風景詩を書いている。

この詩は明らかに、萩原朔太郎が東京に出てくる前に書いた詩の風景と重なる。関東大震災の喪失と復興のなかから、中野重治が抱えた背反性は、自然や風景の表象のなかにイデオロギーを忍び込ませる表現によって時代の主張となっている。ここには、ある出来事を歴史として語りながら、同時にあらためて歴史と過去の対話するさまをみることができる。そして歴史を特定の色合いでみずにはいられない時代があったことも意識せざるを得ない。現在の目から過去を理解する際の大きな問題である。

通りには今日もおおぜいの女がいて
きらびやかな口をきいていた
みんな行く先があるのか
あかい耳たぶをして　手をふって
ずんずんわたしは追い越された

このひろい東京の町におまえがいない
このひろい東京の町におまえがいないというのはつまりどういうことなのだろう
あんな女どもにさえ追い越されて
朝から
心をはりつめてはりつめ
顔をあおくして行く先がない

（中野重治「今日も」『中野重治詩集』）

ちなみに中野重治が若き日に影響を受けた同郷の室生犀星も、関東大震災のとき東京に暮らしていた。『愛の詩集』や『抒情小曲集』などの詩から『性に眼覚める頃』や『幼年時代』などの小説へと転換しつつあった室生犀星は、震災直前に、最初の子どもを失っていた。そして震災時、妻は産褥の渦中にあった。

ここで一九一〇年（明治四十三）の韓国併合という前史について語らなければならないかもしれない。ふたつの時代の交錯に最も影響されたのは朝鮮人たちだった。彼らの境遇に思いを寄せた文学者に柳宗悦がいる。

結婚して『ヰリアム・ブレーク』を上梓した柳宗悦は、我孫子を訪れてやってきた浅川《あさかわ》伯教《のりたか》に出会い、その後東洋芸術への関心を強めるのだが、一九一九年（大正八）に日本の朝鮮政策への批判を書いている。その年、京城や平壌などでは朝鮮の独立宣言の発表や示威運動が起こり、三・一事件とも、万歳事件ともいわれる事件が起きていた。朝鮮問題の摩擦と軋轢は、国内や中国においても同様に起こっていた。柳はそのとき三十歳になったばかりである。翌年には、朝鮮に対する親愛の思いを披露するためであろうか、妻で声楽家の兼子とバーナード・リーチを伴って、朝鮮に渡り、各地で講演会と音楽会を開催している。朝鮮にかんする論稿も相次いで書かれ、翌年には浅川伯教・巧兄弟と「朝鮮民族美術館」の設立を計画し、慶州を始め朝鮮半島を広く旅行している。それは、有島生馬の「大震災の印象」に描きこまれた政治家後藤新平の娘の息子、鶴見俊輔が書いた『戦時期日本の精神史　一九三一～一九四五年』（一九八二）の「日本の中の朝鮮」に言及されている世界である。

2　中川一政と古賀春江

ここで画家たちをとおしてこの時代をみてみることにしよう。一九二〇年代の雰囲気を最もよく表している画家は中川一政と古賀春江である。雑誌『白樺』を愛読していた中川一政は一九二一年の詩集『見なれざる人』によって、雑誌仲間のあいだでお兄さん格に当たる有島武郎の推奨を得た。白樺派にも影響をもつ岸田劉生の草と土の色彩に由来して命名された草土社《そうどしゃ》を岸田とともに結成した中川一政は、有島生馬が中心になって設立された二科展では一九二一年、「静物」シリーズで二科賞を受賞している。翌年春陽会が設立されると、岸田劉生や木村荘八らと会員になる。さらにその翌年には第一回春陽会展が開催される。だが九月に大震災が起こると、岸田劉生らは京都へと移転していった。

関東大震災後、多くの人が故郷に帰ったり、あるいは郊外に土地と家を求めた。親戚や知人を伝手に移転した者もいれば、新宿から中野へ、池袋から巣鴨・大塚へ、世田谷地区へと、中央線や小田急線とともに新興住宅街が東京の外延を広げていくのに歩調をあわせるように流出していった者もあった。中川一政は、巣鴨から和田堀之内村の永福寺の隣に移転している。

戦後の『近代文学』によった本多秋五と中川一政による、中野重治に言及した対談がある。

本多　中野（中野重治）さん、中川（中川一政）さんが好きだったに違いないとおもいますよ。
中川　最近でも、岸田劉生の文章とぼくの文章を比べたり何かしていた。

（略）

本多　それからもう一つ、中野さんとの関係で思い出したのは、中川さんも広い意味では「白樺」派の系統の人だけれども、「白樺」派の人たちは、よくも悪くも、気位の高いところから出発していますね。（略）

しかし、一面からいうと、あの人たちは日本社会のピラミッドの上の方に育った人だけに、下の方が見えないところがある。そこへ行くと、中川さんは、目の置きどころが、若いときから下の方にありますからね。中野さんもそういうところがあって、そのために、高いところが見えるようになってからも、ピラミッドの裾野の方も見えているという感じがします。

武者さんという人は、特別な人だから、絶頂にも登るし、ポンとひと息に下の方へ飛び下りることもありますけれども、大体において、やはり上の方のかたですね。

中川　あそこの中で千家元麿だけでしょう。あの人はずっと下ですよ。

（中川一政・本多秋五「対談」一九七九年十一月二十六日）

中川一政と同時代の洋画家で、二科展や春陽会に席を同じくしていたのが、アナーキズム画家の林倭衛《はやししずえ》である。長野県上田の出身で、洲之内徹の『気まぐれ美術館』その他にも、よく出てくる洋画家だ。特に有名な作品が一九一九年（大正八）に二科展に出品された「出獄の日のＯ（大杉栄）氏」である。樗牛賞も二科賞も受けている著名な画家だが、絵のモデルが大杉栄とわかると、治安紊乱《びんらん》として展示の撤回を求められてしまう。関東大震災前の混乱とこの絵が原因であったのだろうか。林はその後逃げるようにして、パリに出奔し、一九二〇年代前半の五年間をそこで過ごすことになる。その間、描かれた側の大杉栄はベルリン国際アナキスト大会に出席し、その顚末を『日本脱出記』に書いている。大杉はパリに滞在しているときに、この林に会うが、強制的に帰国を余儀なくされた一九二三年、九月の大震災に遭遇している。

同じく二科会に属して活躍した洋画家に、シュルレアリストの古賀春江がいる。

古賀春江は、青木繁や坂本繁二郎と同郷の九州の久留米の生まれである。浄土宗の寺（善福寺）に育ち、大正大学（当時は、宗教大学）で学ぶが、中川一政と同じ巣鴨に暮らした時期がある。一九二二年の二科展に「埋葬」が入選。現在この絵は京都の知恩院に所蔵されている。三十八歳で没するまでの短い画歴であったが、晩年の古賀春江の絵を愛したのが川端康成である。川端康成は、クレー風の「煙火」と「素朴な月夜」を所蔵しており、「古賀は自分の絵に多く詩をつけた。これらの詩はなによりも古賀の絵の理解を助ける。詩だけで絵のない詩もある。古賀は詩人としてもすぐれてゐる」（「古賀春江と私」）と書いている。川端があまりにほめるので、小林秀雄も「川端さんが買うといってた「遊園地」という絵もいい。それから「博覧会」という絵、そういう抒情的なものを書く作者の良心は納得できる気がした」(「故古賀春江氏の水彩画展」)という短い文章を書いている。

古賀春江の特徴は、その思索的な性格から来るものとみられるのだが、当時の現代思想や表現技術を具現したドイツ表現主義やシュルレアリスムの傾向をもつ画風の絵が醸し出す独自のポエジーである。晩年は、パウル・クレーからデ・キリコ、マックス・エルンストにいたる表現の影響を受けていた。何年か前であったが、鎌倉八幡宮に隣接する神奈川県立近代美術館にて、古賀春江特別展が催された。画家の奇妙な図柄と名前は、深く記憶として残り、幻想芸術の残像となって長く覚えていた。

古賀春江の詩画集がいい、という声はいくらでもある。古賀春江詩画集『牛を焚く』(一九七四)に収められた代表作は、一九二九年から翌年に発表された「海」と「窓外の化粧」である。「海」は、いまもなお有名な作品である。スポーツをしているかのような水着姿の女性の背景に、海と魚などの生物の自然が広がり、潜水艦や帆船や空を飛ぶツェッペリン号と、機械工場や灯台をイメージする建物が、同じひとつの空間に描かれている。ツェッペリン号が、世界周遊の途中で霞ヶ浦に到着したのは、一九二九年(昭和四)八月十九日である。「古賀春江の「海」に描き出されている斜めに傾き、翳りを帯びた飛行船の巨体は、ふたつの大戦にはさまれた二〇年代の繁栄と不安の暗喩として読み取れる」。そう前田愛が書くように、それはまことに時代を象徴する作品であった。
古賀春江は自ら詩を書いて、その絵を解説している。

透明なる鋭い水色。藍。紫。
見透される現実。陸地は海の中にある。
辷る物体。海水。潜水艦。帆前船。
北緯五十度。

海水衣の女。物の凡てを海の魚族に縛《つな》ぐもの。
萌える新しい匂いの海藻。

独逸最新式潜水艦の鋼鉄製室の中で、
艦長は鳩のような鳥を愛したかも知れない。
聴音器に突きあたる直線的な音。

モーターは廻る。廻る。
起重機の風の中の顔。
魚等は彼等の進路を図る——彼等は空虚の距離を充塡するだろう——
双眼鏡を取り給へ。地球はぐるっと廻って全景を見透される。

（古賀春江「海」）

近代にあこがれ、都市にむかって志向するモダニスト詩人たちの詩の風景のおもむきと息遣いが感じられる。

「窓外の化粧」は、ビルの上で飛び上がろうとしている少女と、かなたの青空の下に、船が航行する深い色の海に四つのパラソルが落下しようとしている。画面左下の機械的でメカニックな室内と人物、誇張された大きな右の手のひらが、いかにもシュルレアリスム的な現代の表象である。

この絵についても、画家は、感度の高い計算された詩を残している。

晴天の壮快なる情感、蔭のない光。

過去の雲霧を切り破って、
埃を払った精神は活動する。
最高なるものへの最短距離。

溌剌として飛ぶ——急角度に一直線を。
計算器が手を挙げて合図をする。

気体の中に溶ける魚。

世界精神の絲目を縫う新しい神話がはじまる。

（古賀春江「窓外の化粧」）

こうして複雑な諸要素が絡み合いつつ、生成発展と持続・断絶を反復させる一九二〇年代の東京は、文化の交差点となって社会主義派と芸術派、そしてモダニズムの芸術が混交し、あるいは分裂し、また融合しては歴史のひとこまを前に進めていったのである。

3　大正文学考

大正文学について、一九一二年から一九二五年を一まとまりに捉えたときにみえてくるイメージと、関東大震災の前後を比較し、震災後の時代に着目したときのイメージでは、大きな差異と違和感がある。この違和感の理由を探るなら、ヨーロッパに由来する世紀末文化が、このとき〈日本近代の世紀末〉としてみえてくるからだといってもよいだろう。過去をどのようにみるか、混沌とした現代社会におかれた私たちの確かな歴史の眼が必要とされるのだ。

明治末、大逆事件と雑誌『白樺』の創刊によって、ひとつの時代が始まった。第一次大戦後の好景気に浮かれた時代が、関東大震災によって一気に「天罰」として地上に叩きつけられたように感ぜられるのは、このとき始まった時代が大杉栄の死と『白樺』の終刊に帰結したかのようにみる歴史観である。〈日本近代の世紀末〉は、一八五〇年代から用意されたヨーロッパの世紀末とベル・エポックの時代に遅れはしたものの、一九一〇年代以降の大正期に、共時的にその風景の表層をかたどった。ヨーロッパの世紀末の芸術や思想が大正期という時代のなかで発酵するように影響し、アール・デコからアール・ヌーヴォーへと展開する同時代のヨーロッパのベル・エポックも加わって、日本という交差点で大きな偏差を伴いながら受容され、自同律的な同質性を獲得していたのである。これらは、『日本の世紀末』（岡田隆彦）や『日本近代の美意識』（高階秀爾）、『日本近代の世紀末』（饗庭孝男）によって論証できるものである。

具体的にその時代風景を眺めてみよう。ある象徴的な場があった。この頃新宿の中村屋で開かれていた、信州安曇野から出てきた相馬愛蔵と黒光夫妻による「中村屋サロン」である。『黙移　明治・大正文学史回想』（相馬黒光）や『エロシェンコの都市物語　一九二〇年代東京・上海・北京』（藤田省三）をみると、そこには北アルプスを望む信州安曇野出身の「女」という近代日本の彫刻作品で知られる荻原守衛と、バラライカを奏でる盲目の亡命詩人エロシェンコと、彼の肖像を画く中村彝《つね》がいた。エロシェンコは、ロシアのウクライナに生まれた視覚障害をもつエスペランティストである。仕事の自立を目指して一九一四年に来日し、一九一九年にはアジアを巡って再来日をしている。日本では、「盲詩人エロシェンコ」といわれたが、詩集よりは童話が多い。エロシェンコも後に来日した建築家ブルーノ・タウトも、ロシアとの関係から亡命して来た。

黒光の娘は、インドからの亡命政治家ラス・ビハリー・ボースの妻となる。ボースは、日本ではチャンドラ・ボースとあわせて二人のボースとして知られている。「中村屋のボース」はインドの独立活動家であったが官憲に追われ、一九一五年に日本に亡命、英国の追求が終わるまで中村屋等に滞在し、その後も日本に暮らした。彼の経歴を追うとインドの独立運動と近代日本におけるアジア主義者との関係がみえてくる。中村屋で販売されているカレーのルーツの人物でもある。

こうして、中村屋の黒光と愛蔵がしつらえたアトリエでは荻原守衛が暮らし、その後は中村彝が、インド人ボースが、そしてロシア人のエロシェンコが暮らしていた。中村彝は当時、病弱のために念願だった洋行をあきらめていたが、尊敬するルノアールの官能的な色彩を自己の画風にしていた。異邦人のエロシェンコと出会い、結核を患う体をおして描きあげた絵が「エロシェンコ像」である。この絵は現在、東京国立近代美術館に所蔵されている。

臼井吉見の『安曇野』五部作は、こうした信州出自の自身の歴史を反芻して語るように、日本の近・現代史の群像を描いた歴史小説である。大河小説として読むこともできるが、大正時代を描いた第三部と昭和の時代から終戦までの第四部に、新宿中村屋をめぐる人物たちが史実と虚構のなかに活き活きと活写されている。その時代風景を前田愛は次のように描く。

> 日本の一九二〇年代は、風俗の季節、表層の時代であった。明治時代には、分を守ることを美徳としてうたがわなかった大衆は、風俗という社会的皮膚に、抑圧されていた欲望を浮かびあがらせる。
>
> （前田愛「東京　一九二五年」）

ここに述べられていることは、磯田光一が『思想としての東京』で「関東大震災と『東京行進曲』」や「『痴人の愛』の文明批評」に論証した世界である。同じく『鹿鳴館の系譜　近代日本文芸史誌』の「日比谷・銀座界隈　都市と前衛芸術」から「「革命」という外来思想　風土のなかのドラマ」や「昭和のモダニズム　ある感情革命」のなかに、そうした断片と断片が広がる地平線をなす市民社会の風景におかれた、詩人や作家や革命家たちの群像が同じくみてとれる。

夜の銀座とカフェー、パラソル姿や洋装のモダン・ガールたち。

飛行機が飛び、ラジオによる電波の時代が人間拡張の幕を開ける。

また、江戸川乱歩の推理作品が表象する世界も、一九二〇年代に勃興する東京の大衆社会と密接な関係にあった。

乱歩の処女作「二銭銅貨」が発表されたのは大正十一年（一九二二）である。それだけでなく彼の代表作の大半が二〇年代に書かれたことを私は知っている。「D坂の殺人事件」、「心理試験」、「屋根裏の散歩者」、「人間椅子」という傑作はいずれも大正十四年の作品である。また短編だけでなく「パノラマ島奇談」、「陰獣」といった長編も二〇年代に執筆されている。さらに、警視庁からのちに検閲を受け全篇削除を命じられて、乱歩の作家生命まで危うくすることになる「悪夢」（のちに「芋虫」と改題）も昭和四年（一九二九）の作品、つまり二〇年代の末に発表されている。

（松山巖「序」『乱歩と東京　一九二〇　都市の貌』）

震災後の東京は、こうした表層的な欲望の開放と奔放不羈のダダイズム的モダニティによる精神とそれを体現する装飾的な文化の「場」の開放であった。そしてパラレルに、抑圧された労働者の解放を求める都市文学としてのプロレタリア文学が、立憲君主制のもとでの限定的な労働運動のなかで発展拡大していた。

一九二〇年代前半の大きなエポックであった関東大震災前後の風景を、もう少し追っておこう。室生犀星は、家族とともに北陸の金沢に戻っていた。現在、金沢の地には市内を犀川と浅野川の二つの川が貫流しているが、その一方の犀川の岸辺には室生犀星文学記念館があり、私生児として養子となった犀星が通った川岸にある雨宝院という寺も程近いところにある。吉田健一の晩年の代表的な小説『金沢』も、この犀川を中心とする料理屋や寺を舞台としている。

金沢に戻った犀星に追い討ちをかけるように、芥川自殺の悲報のニュースが届く。衝撃を受けたのは、金沢の第四高等学校に学んだ中野重治も例外ではなかった。

私は、一九二〇年ころに金沢の第四高等学校にいた。むろん生徒としていたのである。少年期から青年期へ移って行くころで、自然にいろいろと文学本に目が向いて行き、萩原朔太郎とか室生犀星とかいう人々の詩を読むことになった。高村光太郎とか佐藤春夫とか千家元麿とかいう人々の詩も読むようになった。また日本現代の歌人の仕事にも多少は触れ、『梁塵秘抄』などの日本の昔の歌類もはじめてこれを知った。そうして、自分でもよたよたと詩を書く真似ごとをしはじめた。

そのころ、関東大震災のあとで金沢に帰っていた室生犀星にはじめて会い、会って話を聞き、この先達と親しい関係が生じるようになった。第四高等学校には窪川鶴次郎がいてすでに知りあっていたが、室生犀星を知ることによって私たちは堀辰雄とも知りあうようになった。こうして、後の雑誌『驢馬』の土台のようなものが出来て行ったといっていい。

（中野重治「あとがき」『中野重治詩集』小山書店版）

4　震災からの復興

ヨーロッパが、レマルクが書いた西部戦線で膠着する第一次大戦の渦中にあった頃、日本は対照的に、戦争景気ともいえる大正バブルのはなやかさと異常なほどの豊かさの時代のなかにあった。当時、日英同盟（一九〇二）のもとでドイツは敵国だった。一九一〇年代、日本は同盟国イギリスへの援護のため、地中海のマルタ島に駆逐艦隊を派遣するほどに、ドイツという存在は敵国だった。にもかかわらず、当時から映画『日の名残り』（カズオ・イシグロ原作）の英国人の主人のように、親独派も多くいたらしい。このことが後の時代に大きな影響を与えることになる。ちなみに戦後、南洋諸島のうち赤道以北のマリアナ諸島、カロリン諸島、マーシャル諸島は日本統治となる。一九三〇年代になるとドイツは友邦国となる。『日本の詩歌　訳詩集』（伊藤信吉ら編集）にみるように、小説や詩の邦訳刊行にあわせるようにして、ドイツ文化は日本、とりわけ首都東京に強い影を落すことになる。

　その時代、ドイツを逃れてきたブルーノ・タウトは独自に日本文化を発見していた。篠田英雄訳の著作集や高橋英夫の『ブルーノ・タウト』で知られるタウトは表現主義の建築家である。「鉄の記念塔」や「グラスハウス」で知られたが、第一次大戦後のドイツでの共同住宅にも特色ある作品を残している。ベルリンとモスクワを行き来しつつ事務所を開設したが、ナチズムの動向とともに、タウトはパリからスイスを経由して日本にやって来ていた。

　そんな国際的なアジールでもあった戦争景気の東京に、資本主義の生成期の大きな社会的な揺れが、第一次大戦後の経済恐慌としてもたらされる。さらに関東大震災によって、首都東京は経済的にだけでなく、実質的にも壊滅的な打撃を受ける。それは一見はなやかな大正という時代の沈黙と停滞状況を招くと同時に、「明治」なる時代の終焉となった。

永井荷風の「震災」という詩には、そのことが明瞭に読み取れる。

われは明治の児なりけり。
或年《あるとし》大地俄にゆらめき
火は都を燬《や》きぬ。
柳村先生既になく
鷗外漁史も亦姿かくしぬ。
江戸文化の名残《なごり》烟《けむり》となりぬ。
明治の文化また灰とはなりぬ。

（永井荷風「震災」）

その一方で復興は速やかだった。当時、関東大震災の復興には七年の歳月を要するといわれていたが早くも四年後、一九二七年の十二月三十日には地下鉄が開通している。十二階の凌雲閣が半壊した浅草と、駅も松坂屋付近の交差点も焼け野原となった上野との間の二・六キロメートルに、地下鉄が開通したのである。帝都復興祭の式典が一九三〇年三月二十四日に挙行される。さらにその年四月一日には、現在でもその面影をしのぶことができる上野駅の地下道に商店街が開店した。

5　「昭和」への改元

一九二〇年代という時代を象徴するもうひとつのエポックは、一九二六年十二月二十五日の大正天皇崩御に伴う「昭和」への改元である。『昭和精神史』（桶谷秀昭）の第一章は次のように始まる。

> 一九二六年、大正十五年もあと六日で暮れようとする十二月二十五日の午前一時二十五分に、かねて病弱であった大正天皇が崩御になり、元号は昭和と改った。
>
> 元号を決めるのは枢密院の任である。あらかじめ用意されてあったいくつかの案の中から、「昭和」が選ばれた。元号にはみな出典がある。
>
> たとへば、「明治」は、五経の一つである『易経』の「説卦《せっか》伝」から採った。
>
> （桶谷秀昭「第一章　昭和改元」『昭和精神史』）

桶谷秀昭氏は東京生まれであるが、昭和とはいかなる時代だったのかという問いに氏をむかわせることになった終戦を、北陸の金沢で迎えている。初期の出発は六〇年代に書かれた『藝術の自己革命』と『土着と情況』である。そこでは、リアリズム（ドストエフスキー、ジョイス、プロレタリア文学）と日本浪曼派（保田與重郎、伊東静雄、北一輝、竹内好）が平行するように検討された。『土着と情況』は戦時中のナショナリズムへの批判であるが、一方で、それが近代主義批判へも通じている諸刃の批評である。『昭和精神史』および『昭和精神史　戦後篇』は、桶谷秀昭という評論家の評論活動の晩期を飾る集大成である。

明るい方向にむかって治めるのが「明治」であれば、同じく『易経』の「周易上経」から採った「大正」は、正しい動機による正道こそが天の道であるという意味をもつ。「昭和」の出典は、『易経』ではなく、『書経』の「堯典第一」の「百姓昭明、協和万邦」から採られていた。

はなやかそうにみえる反面、大正天皇の崩御と改元当時の世相は、「暗澹たる年の暮れ」でもあった。そんな改元のときに「世紀の誤報事件」といわれた号外事件があったことを知る人は、今では少ない。「新しくくるべき新天皇の時代は「文」を主とした、すなわち文化国家であらねばならない。そうした考えから「文」を大いに宣揚する意味の文字をさがしたのです。そして「光文」にぶっつかりました。」（川辺真蔵）。こう回想された、各新聞社が発した号外による漏洩事件によって、元号「光文」は急遽変更されることになる。官報の号外が告げた新しい年号は「昭和」。「大正」から引き継いだ「昭和」という時代が、やがて大正民主主義や花開いた文化国家をなしくずしにしつつ、国体（立憲君主制）を中心とする軍国主義へと傾斜していく歴史をたどるとは、当時の誰もが予想していなかった。「昭和」への元号改元は「光文」の意味を思うとき、歴史の皮肉として現代に映ってくる。

　江藤淳の『昭和の文人』が上梓されたのは、平成元年（一九八九）の七月だ。「昭和」を代表する平野謙から始まり、「文人」としての中野重治、堀辰雄を論ずるこの本には、彼らのみなが関東大震災と「昭和」を生きた文人たちであり、「一身にして二生を経るが如く一人にして両身あるが如し」作家だった、とその活動を描き出す。

　この連載を開始した昭和六十年（一九八五）一月には、勿論「昭和」はまだ続いていた。そして、この連載が完結した本年五月には、「昭和」は既に完結していた。第十四回と最終回の第十五回とのあいだに、ほぼ一年近くの間隙が生じたのは、この間に「昭和」もまたその末期ともいうべき時期を迎えていたからにほかならない。そのとき私は、完結した

「昭和」がどのような輪郭を現わすかを、いわば否応なく待っていなければならなかったのである。

（江藤淳「あとがき」『昭和の文人』）

そして、江藤淳は、「昭和」という時代を、次のように語る。

「昭和」という時代を、「一身にして二生を経るが如」き時代として把え直してみたいという構想は、最初からあった。つまり、それは日本人が、ほとんど例外なく「転向」を強制された時代であった。しかし、戦前に「回帰」の強制としておこなわれたこの「転向」は、第二次大戦後には奇妙なことに「離脱」への集団的競争という様相を呈しているかのように見えた。いずれにせよ、それが「昭和」という時代の基本的な構造であったとするなら、そのなかでわれらの文人たちは如何に生き、かつ書かねばならなかったか。

（江藤淳「あとがき」『昭和の文人』）

6　大正から昭和へ続くもの

一九二六年（大正十五＝昭和元）の四月には、中野重治と窪川鶴次郎、堀辰雄らの詩を中心とした文芸雑誌『驢馬』が創刊されている。『驢馬』は、芥川龍之介や室生犀星の支援を得て、全十二冊が刊行された。詩の尊重にもまして、人間そのものへの尊重（大正期のユマニスム、ヒューマニズム）に力点があり、一九二〇年代の風景をみる際、重要な焦点とすることができる雑誌だった。

江藤は昭和を生きた文人たちの「二生」を戦中と戦後にみたが、中野重治らにとって一九二〇年代、大震災の前と後で、その転向的時代はすでに生きられていたのだった。そこには、ひとつの分水嶺としての震災があり、芸術派とプロレタリア派として、彼らはそれぞれの道を進むことになる。この雑誌の主な書き手は、堀辰雄を別にして、プロレタリア文芸の担い手となっていった。窪川鶴次郎というプロレタリア作家を今では知るひとは少ないかも知れないが、作家の佐多稲子の夫である。佐多稲子には、三十年の東京生活を描いた『私の東京地図』という本がある。

一方、いわば自然主義であり芸術派である島崎藤村は、大正末年の構想以来、一九二九年から一九三五年までの歳月を費して歴史小説『夜明け前』を完成した。明治の後半の自然主義的作風の『破戒』から始まり『春』や『家』へと続き、姪との過ちを描いてその青春の存在の生きた証を記した告白小説『新生』へとたどれる道は、長野の馬籠に生まれた藤村が、東京の浅草新片町とパリの街や、今では東京タワーの近くにある麻布の飯倉片町を移動しながら、信州という地方から東京という都会へ視点を写しながら時代の表層を描いていったとみることができる。ちなみに一九一三年に渡仏して以来の藤村のパリ滞在は、かつて有島生馬が泊まっていたパリ五区のポール・ロワイアルに旅装を解いてから三年にわたった。逗留先は先ごろ火災にあったノートルダム聖堂に近い、セーヌ川を越えた場所である。

当時、ヨーロッパから輸入された「自然主義」や「自然」という言葉は日本的な「因襲」や「形式」、「伝統的権威」などの反対概念として、日本の近代化を推し進める近代的自我にかかわるものであった、と『風俗小説論』のなかで中村光夫は書いている。しかし日本の自然主義文学は、日本的な隠者文学も含めての伝統的表現行為であったのだが、大方がその後、想像力に乏しい「私小説」だと批判の対象とされることになった。そうした傾向は、戦後から現在に至るまでも続いている。

この頃のプロレタリア文学の隆盛の背景にあったのはロシア革命であり、ロシアとの関係である。一九一七年のロシアで起った十月革命に端を発して、日本軍の「シベリア出兵」（一九一八）が行なわれた。この出兵は、日本にとっては後々まで禍根となる非常に都合の悪い歴史的判断であった。時代が下って第二次世界大戦の終戦の年、ソ連軍は日ソ中立条約を破棄して満州への進撃を開始し、その後、民間人にも多くの犠牲者が出た。日本軍兵士のシベリヤ抑留の歴史は、先に紹介した『増補「戦争経験」の戦後史』（成田龍一）によれば、「体験」としての「引揚げ」と「抑留」や証言としてのあらたな「引揚げ記」、新たな「抑留記」として検証されている。それは、多くの人の人生を変えただけでなく、日露の平和条約へも暗雲を投げ続けた。

そうしたなかで大正期のプロレタリア文学は、関東大震災とその後の政府と官憲による弾圧を受けて急進化しつつ、アナーキズムからマルクス主義や共産主義活動へと移り、昭和文学の「政治と文学」という二大対立の潮流に流れ込んでいくことになる。

一九二三年（大正十二）になると、若き高橋新吉の詩集『ダダイスト　高橋新吉の詩』が、「高橋新吉のこと」という佐藤春夫の長い推薦文に加え、ダダイストと名乗り数多くのアナキストと親交を持った辻潤の跋を付して上梓された。

この詩集に感動した若者がいる。京都の立命館中学で学んでいた中原中也だ。中原中也は高橋新吉をとても気にいっていたらしく、禅仏教に心酔して、座禅のために帰郷している新吉を四国に訪ねたり、高橋新吉についての文章を書いている。

そして一九二八年（昭和三）になると、草野心平の第一詩集『第百階級』が出版される。福島県に生まれ、現在でも「歴程」に多くの信奉者のいる草野心平の初期の詩作活動は、中野重治が指摘するように、まさしく一九二〇年代の揺れる時代の活動のなかに浮かび上がってくる。その中野重治には、当時このような風景がみえていた。

> 一九二五、六、七年ころ、私が一人の大学生であった当時、日本の社会は全体として揺れていた。その深さ、その振幅は知らなかったけれども、それでもそれは私にもひびいてきた。ある大学生たちは、男女とも、ある労働者たちといっしょになって人生に出て行こうとしていた。労働者階級の行動、労働者階級の哲学ということは、一方では社会・政治革命の道についてのイメージをわたしたちにあたえ、他方では、革命芸術についての、労働者階級の芸術についてのイメージをわたしたちにあたえた。そこで、文学を自分の仕事としようと思ってきていた私は、プロレタリア芸術運動の中へはいることになった。室生犀星との近づきのうちに育てられたものが——何かが育っていたとすれば——それがここでいくらかでも出てくるようになった。そこの経過のうちにこれらの詩が生まれたのだと思う。
>
> （中野重治「あとがき」『中野重治詩集』小山書店版）

この「あとがき」が書かれた小山書店版の『中野重治詩集』は一九四七年（昭和二十二）に刊行さ

れている。戦後のスターリニズム批判（一九五六年のフルシチョフによる「個人崇拝とその結果について」）からかなりの時間が過ぎた後、一九八九年から始まるベルリンの壁の崩壊とそれに引き続くソヴィエト連邦の解体といった歴史を体験した身からしても、当時の空気がありありとみえてくるようである。アメリカ型の「福祉国家」が、新保守主義や新自由主義によって理想社会への実現からは遠い分断と陥穽に陥っている姿を踏まえれば、イデオロギーの解体に伴う歴史の皮肉のようにみえてくる。

死のときまで、戦争批判による「九条の会」の呼びかけ人となり、どのような場所にも赴いて戦争の悲惨さを語り続けたのが加藤周一である。彼は終生、イデオロギーによらない雑種的文化を擁護した。別の言い方をするなら、大正期から昭和初期のこの数年間こそ、さまざまな文化が共時的に交差する場であった。

7　堀辰雄と軽井沢

雑誌『驢馬』の創刊に参加し、私小説になっていった日本の自然主義文学に反発した存在に堀辰雄がいる。後に章を改めて論じるが、堀辰雄の一九二〇年代を考えるにあたって、彼が関心を寄せた土地に着目したい。ここではそのことを簡単に触れることにする。

堀辰雄は一九二三年の関東大震災の前に、田端にある室生犀星の家を訪ねた。そして夏には犀星とともに、軽井沢に出かけている。今でこそ軽井沢の作家といえば堀辰雄だが、軽井沢は最初は、芥川龍之介の秘められた文学的な場所であった。芥川龍之介には松村みね子に対する思いがある。堀辰雄の『聖家族』の「細木夫人」のモデルともなったこの歌人、アイルランド文学翻訳者へ芥川は思いを寄せていた。二人が夏を過ごした軽井沢の高原の地は、やがて、堀辰雄を中心とした文学者たちにとっても、ひとつの文学的なトポスとなっていった。現在も唐松林のなかに堀辰雄文学記念館があり、庭には堀辰雄の書庫が復元されている。堀辰雄には、松村みね子に連動する宗瑛への思いがあった。宗瑛は、松村みね子の息子・吉村鉄太郎の妹である。堀辰雄を芥川龍之介に紹介したのは犀星だった。堀辰雄にとって、室生犀星と芥川龍之介は文学の師となっていた。

その年の九月の関東大震災で、堀辰雄は母を隅田川で失っている。堀は一高の『校友会雑誌』に原稿を発表していたが、大学へ進むと先に触れた同人誌『山繭』に発表するようになる。文芸雑誌『驢馬』を創刊する時期である。この頃堀辰雄と近いところにいた中野重治の詩「夜明け前のさよなら」が発表されたのも、一九二三年五月の『驢馬』の第二号である。当時からの中野重治の詩作は、それほど多いとはいえない。一九八〇年に筑摩書房から発刊された『定本全詩集　中野重治詩集』をみても、七十七篇の詩が収録されているだけである。

8　一九二〇年代東京

昭和の終焉を看取るように柄谷行人は、『終焉をめぐって』を平成二年（一九九〇）に上梓している。

昭和という言葉、あるいは昭和という時代にかんする言説が突然氾濫しはじめたのは、一九八七年夏、天皇の病気が伝えられたときであった。一九八九年初めに「昭和」は終った。「昭和の終焉」を語る言葉が飽き飽きするほど消費された後で、それは終ったのである。終ってみれば、とにかく「昭和」という時代があったことになり、その歴史的回顧がはじまる。しかし、歴史を元号で区切って見ることにどんな意味があるだろうか。

（柄谷行人「一九七〇年＝昭和四十五――近代日本の言説空間」『終焉をめぐって』）

現代から一九二〇年代という時代を語るとき、そこにはひとつのイメージがある。それは「明治」や「大正」あるいは「昭和」という言葉とは少しニュアンスが異なっている。元号に区切られた時間と異なり、元号をまたいで通時的に連続するもの、そして現在と共時的に通底するものがみえてくるのだ。しかも、舞台を東京という区域に限定すれば、おのずと現在と過去との対話の選択も限られて、さまざまなイメージの断片を関東大震災や「昭和」への改元を中心とした過去の記憶からひろい起こすことになるだろう。

さらには、一九二〇年代の東京を振り返ることは、多くの詩人や作家や芸術家ばかりではなく、一般の市民が復興の七年間をいかに生きたかをみることでもある。妖怪のように大きくなりつつある国家（全体）主義の予兆を踏まえながら、この視点からの分析はなされる必要があるだろう。「地中海の感興」をうたったポール・ヴァレリーが第一次大戦後「精神の危機」を書くことになる。そんなヨーロッパの出来事や歴史とも共時的な視野に置きながら、一九二〇年代という時代を、その前後の持続性や切断性に配慮しつつ、「東京」で活動した芸術家や作家や詩人たちに光を当ててみる。それは、ほぼ百年後の今日の時代や社会と、人びとの生活空間の類似性を浮かび上がらせることになるだろう。そこには、東日本大震災や改元（平成から令和の時代）問題や韓国との戦後補償問題が繰り返し外交問題となることなど、歴史的反復性の色濃い風景がみえてくる。

Ⅲ　芥川龍之介と谷崎潤一郎の震災余燼

本章では、一九二〇年代を対照的に生きたふたりの作家、芥川龍之介と谷崎潤一郎、そして谷崎の周囲に展開した詩人たちの世界に目を向けて書いてみたい。芥川はこの時代を生き急ぎ、谷崎はそうではなかった。

1　「パンの会」と一九二〇年代

川越城の廓のなかにある旧制中学校の名残りのある大きな楠の木のある校門から出ると、細い道が街内にむかってくねくねと幾重にも広がっている。細い路地から中央通りに出てくる途中に文庫本と辞書だけを扱っている小さな書店があった。

新潮社や旺文社の文庫本だけでなく、一九七〇年代からは講談社文庫が、次々と発売になっていた。ちなみに一九二〇年代、モガ・モボの風潮のなかで「モダン・ガール」の断髪が流行していた時期は『現代日本文学全集』による「円本」の時代が始まっており、芥川龍之介が自死した一九二七年七月には夏目漱石『こゝろ』ほかのラインナップで岩波文庫が創刊される。一九二〇年代は「知」と「文化」の時代であった。

その店で求めたものが、今では懐かしいブルーに装丁された芥川龍之介の『文芸的な、余りに文芸的な』とグリーンに装丁された『侏儒の言葉・西方の人』である。芥川龍之介の全集は、岩波書店版もあるし、筑摩書房の文庫がある。筑摩の文庫本の全集は今でもときどき覗くが、当時、青春期に突入した私は暗澹とした精神のなかで、これらの本を紐解きながらも、キリスト教も仏教もまだ遠い存在に感じていた。

大学にはいると、旧友である盛田隆二と水城昭彦と私は同人雑誌『積乱雲』を発刊した。この同人雑誌の講評会で話題になったのが、『文芸的な、余りに文芸的な』のなかの「「話」らしい話のない小説」のことであった。

僕は谷崎潤一郎氏に会い、僕の駁論《ばくろん》を述べた時、「では君の詩的精神とは何を指すのか?」

と云う質問を受けた。僕の詩的精神とは最も広い意味の抒情詩である。僕は勿論こう云ふ返事をした。すると谷崎氏は「そう云うものならば何にでもあるじゃないか?」と言った。僕はその時も述べた通り、何にでもあることは否定しない。「マダム・ボヴァリイ」も「ハムレット」も「神曲」も「ガリヴァアの旅行記」も悉《ことごと》く詩的精神の産物である。どう云う思想も文芸上の作品の中に盛られる以上、必ずこの詩的精神の浄火《じょうか》を通って来なければならぬ。僕の言うのはその浄火をいかに燃え立たせるかと云うことである。

（芥川龍之介「十二詩的精神」『文芸的な、余りに文芸的な』）

芥川と谷崎の比較を思うとき、あの関東大震災への処し方がある。

震災時、谷崎潤一郎は幸運にも箱根にいた。「あの時箱根にゐた私は、横濱にゐる家族の安否が知れないにつけ、つい此間君等と一緒に榛名山へ登ったことが想い出されて、あの時の妻や、妹や、娘の顔がチラチラして仕方がなかった。私の家族は生死の程も分らないに引きかへ、君の一族は前橋にあって安泰なのが、當時の私にはどんなに羨しかったであろう」（「萩原君の印象」『日本詩人』大正十三年八月号）。そのときホテルを後にして、バスで移動中だった谷崎潤一郎は、「「九月一日」前後のこと」という長い文章のなかで、関東大震災にかんする思い出を綴っている。「『大地震――』

此の感じは、ゆっくりと私の意識に上った。私は徐かに席に着いたまゝ巨人の手を以って引きちぎられるように揺いでゐる樹々の梢を見た。森や峰が一と塊りになって動くのが分った。半丁程先で谷に行き當たる路の突角が、正に起重機の腕の如く上下してゐた。」（「『九月一日』前後のこと」）。

その後一度は、東京へ戻った谷崎であったが、すぐに家族を連れて京都へ、そして神戸へと移っていった。翌年の一九二四年には、『大阪朝日新聞』に『痴人の愛』を発表し、一九二五年七月に上梓する。

一八八六年生まれの谷崎潤一郎は、芥川龍之介より六歳年長である。東京の田端に居をかまえる芥川にたいして、谷崎潤一郎は、関西へ移り、伝統的ともいえる日本文化に深くはいり込むことで、それからの長い文筆生活を営む。

一九二二年と一九二三年の春には、奈良の吉野に遊んだ。谷崎にとっては関西に根づく仕事である。東京日本橋生まれのひとりの作家にとって、日本の文化の伝統と深層へはいるためには、時間が必要だったのかもしれない。「『くず』という地名は、吉野川の沿岸附近に二箇所ある。下流の方のは『葛』の字を充て、上流の方のは『国栖』の字を充てて、あの飛鳥清美原天皇《あすかのきよみはらのすめらみこと》、——天武天皇にゆかりのある謡曲で有名なのは後者の方である」。名作『吉野葛』が上梓されたのは、一九三一年（昭和六）のことだ。

『痴人の愛』について、磯田光一は次のように書いている。「『痴人の愛』には〝政治〟も〝思想〟も語られてはいない。しかしそれは政治も思想も直接には語っていないからこそ、その基底にあるものを感性的にとらえているのである」。「私にはナオミが下谷の千束、すなわち『たけくらべ』に描かれた土地の出身であることがきわめて大きな意味をもつように思われる」（磯田光一「(10)『痴人の愛』の文明批評」『思想としての東京』）。この小説で表層の時代に名乗りをあげる主人公は、浅草に住む少女であった。

「今夜はおそくなったから、家の前まで送って上げよう」
私は再々、そう云ったこともありましたが、
「いいわ、直き近所だから独りで帰れるわ」
と云って、花屋敷の角まで来ると、きっとナオミは「左様なら」と云い捨てながら、千束町の横丁の方へバタバタ駆け込んでしまうのでした。

（谷崎潤一郎『痴人の愛』）

当時、写真や映画が時代を彩り始めていた。この小説のモデルとされたのは、葉山三千子という

名の映画にも出演している女優である。なお実際のモデルは、谷崎の妻である千代の妹であるこの女性がモデルであることが定説となっている。

『痴人の愛』は関東大震災とは関係がなく、当時の谷崎のテーマとして頭のなかにあった近代的な女性像を創出することであった。関東大震災で壊滅した東京の都会をイメージ的に連動させる風景を舞台とせずに、「近代」の色彩の強い都会の女性像を描いたのである。ここで重要なのは、この小説のモデルの住まいが、樋口一葉ではないが浅草界隈の奥まった場所に設定されていることである。そうした「近代」を底で支えている反近代的な日本的な土壌が「近代」をこれから経験するであろう場所に生まれたのだ。「ナオミ」という主人公の名前によって、「近代化」を表象する小説は生まれた。大正期のカフェーもファッションも、震災を経験しつつ内在化されて形成された、風俗一般としての「ナオミ」という現象が固有名となった。そこに、日本の表層的な「近代」の形成の縮図がある。

2　谷崎潤一郎の文体

谷崎潤一郎の文体に「語り」はあるが、はたしてそこに「詩《ポエジー》」を見出すことができるだろうか。先に引用した谷崎との議論で芥川は「話」より「詩」が重要であると指摘する。関東大震災の余燼のなかで、近代君主制である明治国家にも、同時代の知識人との精神的なつながりも融和もなかった芥川は孤軍奮闘していた。一方、谷崎潤一郎は多くの作家や知識人、学者がそうであったように、震災復興のない関西に移住する。そうしたなかで書かれた長編小説が『痴人の愛』だった。

芥川君と私とはいろ〳〵な点でずゐぶん因縁が深いのである。

芥川君は私と同じ下町の生れである。

（略）

私は第二次「新思潮」に據って文壇に出た。その處女作は平安朝を題材にした戯曲「誕生」であって、私の文壇への出かたは可なり花々しいものだった。そして芥川君の據ったのは第三次「新思潮」で、矢張り平安朝を扱った小説「羅生門」が君の出世作であった。君が文壇に出た時の花々しさも甚だしく私と相似てゐた。

（略）

最後に私一家の寺はもと深川の猿江《さるえ》にあって、今は染井《そめゐ》に移転している日蓮宗の慈眼寺であるが、芥川家もまた此の寺の檀越《だんをつ》である。寺には司馬江漢の墓があり、浦里時次郎の比翼塚があって、深川時代には此の比翼塚へ縁結びに参詣する男女が相當にあった。

そして芥川君の亡くなった七月二十四日と云ふ日は、また私の誕生日なのである。

（谷崎潤一郎「芥川君と私」『改造』昭和二年九月号）

その後の谷崎潤一郎には京都、大阪、奈良の関西圏を舞台とする小説『卍』から始まり、『蓼喰ふ虫』『吉野葛』『盲目物語』『武州公秘話』『葦刈』『春琴抄』へと続く作品から、戦時中の『源氏物語』の現代語訳と大作『細雪』の大仕事がある。これが大谷崎の戦前の著作目録である。これに、芥川龍之介との論争を含む『饒舌録』や『倚松庵随筆』、『陰翳礼讃』と『文章讀本』などの随筆が加わる。

わが芥川君の最近の行動も、今にして思へばまことに尋常でないものがあったのに、君がそう云ふ悲壮な覚悟をしてゐようとは夢にもしらなかった私は、もっとやさしく慰めでもすることか、いい喧嘩相手を見つけたつもりで柄にない論陣を張ったりしたのが、甚だ友達がひのない話で、故人に対し何とも申譯の言葉もない。

（谷崎潤一郎「いたましき人」『文藝春秋』昭和二年九月号）

クレッチマーの『体格と性格』の理論によれば、芥川龍之介やフランツ・カフカの心身の総体には、統合失調気質がみえるという。夏目漱石やゲーテのそれは循環気質であり、南方熊楠やドストエフスキーの粘着質と比較される。おそらく谷崎潤一郎と芥川龍之介には、そうした意味での気質の違いもあったことだろう。

3　「パンの会」と谷崎、そして佐藤春夫

さて、すこし時間が遡るが、「パンの会」を描いた木村荘八の有名な絵がある。木村荘八は岸田劉生とともにフュウザン会を結成した画家であり、『濹東綺譚』や『たけくらべ』の挿絵を描いた画家である。一九二〇年代という時代に先駆けた、前史としての一九一〇年代前後のことである。

> 口語詩があたらしい時代を切りひらいたとき、その一方には、芸術性の立場に美の意識をささえる詩人たちが、新鮮な感覚と官能で、近代詩のあたらしい意匠を織っていた。その強烈なあらわれが『パンの会』の詩人たちだった。
>
> （伊藤信吉「近代詩の成熟」『現代詩の鑑賞』）

「パンの会」は、一九〇九年に発足した芸術家たちの交遊の集会である。

名前はギリシア神話の「パーン神」に由来する。場所は大川・隅田川の河畔の料亭や日本橋の問屋街にある明治初期の洋風建築の酒場でひらかれていた。詩誌『屋上庭園』の木下杢太郎や北原白秋に加えて、美術雑誌『方寸』の石井柏亭や山本鼎、その他、高村光太郎や上田敏、谷崎潤一郎が、フランスのカフェの文化にみたてた放談会にこぞって参加していた。

木村荘八の描いた「パンの会」は、日本橋天満町の「三州屋」での会合のものだ。キャンバスの画面の右で三味線を弾いているのが本人の木村荘八である。頬杖をつく谷崎潤一郎、立ち上がってスピーチをしているのが小山内薫だ。この絵は長らく潤一郎の居宅であった岡本の梅が丘の家にあったが、現在は北野美術館に所蔵されている。

> 私の記憶するいろいろな文人の会合の中でも、この第一回の「パンの会」は実に空前の盛会であって、（略）今ちょっと思い出しても、与謝野鉄幹、蒲原有明、小山内薫、永井荷風、石井柏亭、生田葵山、井上凡骨、鈴木鼓村、木下杢太郎、久保田万太郎、江南文三、吉井、北原、長田兄弟、岡本一平、恒川陽一郎、……と、いくらでもその晩の顔ぶれを浮かべる

ことが出来るが、先輩では小山内氏、同輩では自分たちの仲間を除いて、その他はほとんど初対面の人ばかりが続々と詰めかけて来るのであった。そのうちに一人、痩躯《そうく》長身に黒っぽい背廣を着、長い頭髪をうしろの方へ油で綺麗に撫でつけた、二十八九歳の瀟洒《しょうしゃ》たる紳士が会場の戸口へ這入って来た。（略）「永井さんだ」と、誰かが私の耳の端《はた》で云った。

（谷崎潤一郎『青春物語』）

若き谷崎潤一郎は、そこで、慶應義塾大学で教鞭をとり、反自然主義の耽美派として、『三田文學』を創刊した新帰朝者の永井荷風に出会い、挨拶をしている。夏目漱石の門下となった芥川龍之介がしばらくして漱石から絶賛を受けたように、「パンの会」で永井荷風に出会った谷崎潤一郎に、『三田文學』から絶賛の言葉が届いたのも、まもなくのことである。

そうした東京に生まれ育った谷崎が芥川より六歳年長であることはすでに書いたが、芥川と同年代に生まれたのが、紀州の佐藤春夫である。

これらの耽美主義とも浪漫主義とも語られる谷崎、芥川、佐藤春夫の三羽烏の作家にとって、前世代の雑誌『早稲田文学』や『文章世界』『太陽』などによった自然主義派は、地方の出身者で、地方から東京にやってきた先輩にあたる田山花袋と島崎藤村、金沢三文人のひとりの徳田秋声に代表されるといっていいだろう。

中村光夫の『風俗小説論』は、戦前の小林秀雄の『私小説論』や横光利一の『純粋小説論』に続く流れにある文学論である。中村光夫が論ずるのは、「近代リアリズム」の発生と展開、変質と崩壊についてであった。その発生として中村が考えたのが、小栗風葉の『青春』と島崎藤村の『破戒』、そして田山花袋の『蒲団』である。一般に流布されている言説からは、花袋の『蒲団』のみがその後の「私小説」へ強い影響を与えていたとされるところだ。昭和期にはいっての新感覚派の横光利一、マルクス主義者の武田麟太郎、私小説の丹羽文雄の三つの方向にむかった文学の変質に、近代リアリズムの可能性とその崩壊をみようとする論旨である。ここには明治期に確立した日本の自然主義文学が、どのように発展してきたかが捉えられている。

谷崎潤一郎の戦前の作品には、先の『青春物語』があり、晩年になると『幼少時代』という自叙伝的な作品がある。前者は、作家としてデヴューする前後のことであり、後者は、大谷崎の生まれた日本橋蛎殻町への訪問記である。文学史を紐解くと、よく出会うのが、自然主義を基調とする坪内逍遥の早稲田系の『早稲田文学』と、反自然主義を基調とする東大系の『新思潮』や三田の慶應系の『三田文學』とのふたつの文学思潮の流れがある、という解説である。『新思潮』に作品を書く谷崎にとっては、当然、耽美派的主調音のなかでの作品となるのだが、この谷崎に賞賛の辞を惜しまなかったのが、アメリカとフランスを体験して帰朝した『三田文學』の永井荷風であることは、その流れからしても理解できることである。

虎ノ門の有名なホテルが二〇二〇年の東京オリンピックにむけて改装することになった。ホテルの旧ラウンジは、西洋のシンメトリー（左右対称）ではないアシンメトリー（左右非対象）や「陰翳」を旨とする日本的な美観を主張したものである。このラウンジは当時から、利用した外国人に評判だったらしい。こうしたところにも、大谷崎の間接的な影響をみることができる。川端康成の『文章読本』や丸谷才一の『文章読本』も多く読まれて来たが、谷崎の『文章讀本』は当時のベストセラーであった。佐藤春夫の『退屈読本』も、互いに競うほどに、相当に読まれたものらしい。

谷崎と芥川の縁には深いものがあったが、谷崎と佐藤春夫との縁には、さらに深いものがうかがえる。谷崎潤一郎とその妻の千代と佐藤春夫との複雑な五年余におよぶ長い関係の期間は、佐藤春夫にとって、詩の季節であった。ここで佐藤春夫のことに触れておきたい。

4　佐藤春夫の『我が一九二二年　詩文集』、「秋刀魚《さんま》の歌」

関東大震災の当日、佐藤春夫は、堀口大學とともに、大森の望翠楼ホテルにいた。

しかし十二月になると、故郷の紀州の新宮に帰っている。「佐藤春夫と私は同郷である。その春夫に『愚者の死』という詩がある」と書く中上健次の生まれた家から佐藤春夫の家は、五百メートルほどの距離のところにある。「この愚者の死によって象徴される大逆事件は、〈われの郷里は紀州新宮。彼の郷里もわれの町〉たる新宮や新宮出身のものには、はかりしれないほど多くの影響を与える」。「春夫は、現存するこの国家と、いまひとつ紀州という国家の戦争を見、敗北を見、二十歳ですでに転向していたのである」（中上健次「物語の系譜佐藤春夫」『風景の向こうへ』）。ひとつの事件をきっかけに、大正デモクラシーへと展開して現れた社会主義思想や自由主義思想にかかわる多くの無政府主義者が検挙された。キリスト教徒、仏教徒も検挙され、死刑となったこの大正の「大逆事件」により、時代は冬の時代へとはいることになる。一九一〇年の大逆事件で刑死した大石誠之助は医者であり、同じく医者であった佐藤春夫の父とも懇意な知りあいであった。

　医者を営む佐藤春夫の生家は、朔太郎や中也の家に似て、地方においては裕福な家だった。佐藤春夫は、ときどき郷里に戻っているが、新宮市の歌も佐藤春夫の作詞によるものだ。一九五九年になると、和歌山県那智勝浦町の駅前には「秋刀魚の歌」の碑が建立されている。その他、新宮市にある速玉神社の社頭にも佐藤春夫の詩碑がある。この時期の谷崎と佐藤春夫の関係は、谷崎の妻千代をめぐって、大きな淵の底に沈んでいた。詩人佐藤春夫は親愛する谷崎の文学を「思想なき芸術家」と書き、芥川については「精巧に俊敏で最新式な感銘を与える小形な芥川の文学」と論ずるなど、評論家としての眼をもっていた。

思えば、芥川龍之介は、大正の終焉と昭和へと駆け込んでいく時代の時勢のなかで、まことに生き急いだような感がする。もし芥川が、震災後の難を避けようと決断し、例えば軽井沢に一時的にでも、文学的環境を整えるような余裕があれば、堀辰雄たちとの交遊のなかで、孤独な競争関係にある文学活動は多く飛躍した可能性がある。文学史の裏面では震災後、芥川は実際に何度か軽井沢を訪れていたようだ。

佐藤春夫の作家としての出発は、いうまでもなく、『田園の憂鬱』と『都会の憂鬱』である。一見はなやかな大正時代の裏面のモードである、時代のなかの倦怠《アンニュイ》を「憂鬱」として表現した。「佐藤春夫氏の出世作『田園の憂鬱』は当時二十代であった私の巻を措く能《あた》わざる愛読書であった。所がこの小説の舞台になっている、当時の名称でいうと神奈川県都築郡中里村字鉄《くろがね》は、今私の住んでいる小田急沿線の柿生《かきお》から東南約二里の所にある」と、河上徹太郎は『わが旅わが友』の「都築ヶ岡の風物」に書いている。中上健次が触れた佐藤春夫の詩は、後に国文学者の吉田精一によって発見された詩であるが、当時の時代を背景とした傾向詩である「愚者の死」や「乃木大将を悼む言葉」などの詩は、『殉情詩集』（一九二一）からはのぞかれていた。

「せつなき恋をするゆえに／月かげさむく身にぞ沁《し》む。／もののあわれを知るゆえに／水のひかりぞなげかかる。」（「水邊月野の歌」）で始まるこの詩集は、現在の詩からみれば、いささか古風にみえなくもない。

佐藤春夫の詩作品は、革新的なモダニズムの文脈ではないというのが、素直な見方であろうか。しかし、島崎藤村の『若菜集』や室生犀星の『抒情小曲集』、萩原朔太郎の『純情小曲集』とともに、抒情による感傷と詠嘆によって書かれた言葉がある。詩集には、口絵の自画像と愛蔵する自分のネクタイの模様が用いられた。佐藤春夫は、この時期になると、さらに『我が一九二一　詩文集』（一九二三）と『佐藤春夫詩集』（一九二六）を出版する。

故郷を捨てずに、小説だけでなく、詩を書き続けた佐藤春夫は長生きをした。

われら土より出でたれば土にかへる
われら裸にて生まれたれば裸にて生く。
げにもよ――
われらひとりにて産れたればひとりにて生く。
ひとりにて生きて、さてひとりにて死にゆく……

（佐藤春夫「断片」『殉情詩集』）

佐藤春夫の『我が一九二二年　詩文集』は、詩集そのものが「一九二〇年代」を髣髴とさせる作品である。この詩集のなかで、とくに知られた詩が「秋刀魚《さんま》の歌」だった。

さんま、さんま
そが上に青き蜜柑《みかん》の酸《す》をしたたらせて
さんまを食ふはその男がふる里のならひなり。
そのならひをあやしみなつかしみて女は
いくたびか青き蜜柑をもぎて夕餉にむかひけむ。
あわれ、人に捨てられんとする人妻と
妻にそむかれたる男と食卓にむかへば、
愛うすき父を持ちし女の児は
小さき箸《はし》をあやつりなやみつつ
父ならぬ男にさんまの腸《はら》をくれむと言ふにあらずや。

（佐藤春夫「秋刀魚《さんま》の歌」『我が一九二二年　詩文集』）

関東大震災前に発表された作品で、詩集も震災の直前に発行されている。

ところで、同じ医者の家に生まれてはいるものの、同じように文学を志した佐藤春夫と萩原朔太郎の接点がみえてこないのはどうしてだろうか。同じ慶應の先輩後輩である佐藤春夫から、お金を借りた草野心平との交友も、それほどには見出すことができない。草野心平は佐藤と同じく一時慶應に在籍していた。佐藤春夫は、永井荷風を慕って慶應に入ったものの、医者でもあった森鷗外を師と考えていたのである。谷崎潤一郎や草野心平と朔太郎の接点が散見されるのは、関東大震災前後になってからのことである。

「秋刀魚の詩」は、さらに続く。

あわれ
秋風よ
汝《なれ》こそは見つらめ
世のつねならむかの団欒《まどゐ》を。
いかに

秋風よ
いとせめて
証《あかし》せよ　かの一ときの団欒ゆめに非《あら》ずと。

（佐藤春夫「秋刀魚《さんま》の歌」『我が一九二二年　詩文集』）

「ライカによる文芸家の肖像」写真展（一九三三）で発表された、木村伊兵衛が撮影した眼鏡をかけた佐藤春夫の顔が大きく写る写真がある。佐藤春夫はその後、その随筆風な小説スタイルによって、伝記文学『小説高村光太郎像』『小説智恵子抄』や『小説永井荷風傳』を書く。しかし、佐藤春夫の戦争期の詩作には、戦時中の「空白」期に位置づけられる詩集『大東亜戦争』があることも、忘れてはならない事実である。

5　近代詩の成熟

文語調や短歌的な五七調あるいは七五調の詩歌の伝統から、口語自由詩へと転換するときに論ぜられるのが、「言語革命」（北川透）ともいわれた萩原朔太郎の詩の存在である。また、初期のアナーキズムの草野心平やダダイズムの高橋新吉の、革新的で有機的な無の作品である。少々本章の主題から離れるが、ここで当時のモダニズムの機運について触れておきたい。山村暮鳥の『聖三稜玻璃』に始まり、平戸廉吉の「日本未来派運動第一回宣言」による未来派、村山知義の『現代の芸術と未来の芸術』による新興芸術や舞台装置模型、現在ではポスト・コロニアニズムの問題となるが、「満州」と近代日本という『異郷の昭和文学』（川村湊）へと通ずる大連市の安西冬衛たちによる『亞』の短詩運動による形式革命などが、この時代のモダニズム運動を象徴している。

　ここには、近代詩の成熟から現代詩への展開の糸口がみえる。すなわち、ほぼ同時代的に発生したダダイズムからシュルレアリズムの表現の革新がある。それはまさに、意識—前意識系の思考形態である近代から、無意識というものの発見による自動記述を方法とする、伝統も未来も、前近代もポスト・モダンも偶有的なものとして語る詩の革命へと続くものであった。この時代の転換が、フロイトの無意識による検閲と歪曲によって表象される夢と自由連想などへの解釈の発見、第一次世界大戦などを経て、一九二〇年代の日本に押しよせている。それはいわば「モダン」なる東京百景に繰り拡げられる「一九二〇年代」の「日本展」であり、「日本近代」の「世紀末」のニュアンスを背後にもつものであった。この時期の日本のこれら多くの詩は、必然的に方法以前の自動記述に近い思索と詩作の「あいだ」の出来事を思わせる。

　当時の政治状況を眺めるなら、国内にあっては藩閥によらない政党（平民政治家原敬）による護憲政治と関東大震災の傷痕があり、外にたいしては膨張する植民地（台湾・朝鮮・南樺太・関東州・南洋諸島）の活動を表裏としてもつのが一九二〇年代である。例えば北一輝の『日本改造法案大綱』（一九二三）は思想的な事件であった。それは、国家主義と社会主義を結合させる国家社会主義的な国家改造を試行するものであったが、紛れもなく、極東シベリアからオーストラリアを視野に入れた海外への膨張主義を孕んでいた。

東京の復興計画は、普通選挙法と治安維持法の成立（ともに、一九二五年）という政治的変化と矛盾のなかにあった。さらには、第一次大戦後のインフレなど、ヨーロッパの経済環境も作用したとみえ、近代化、すなわち西洋へのまなざしを共有した多くの画家や音楽家や研究者・学者が、日本から洋行の名のもと海外へと出ていった。そこには、「都市と造形のモンタージュ」として概観できる「一九二〇年代」の街角のコラージュが、ヨーロッパ世紀末から日本の世紀末に変貌する真っ只中に、同時代の花と雫となって映し出されていた。『年表で読む　二十世紀思想史』（矢代梓）の一九二〇年代の記述にあるように、すでにこの時期から、世界は遠くはなかったのだ。

これらの洋行者たちが、関東大震災後、帰国して東京の復興に尽くすことになる。そうしたなかに「一九二〇年代の光と影」（『現代思想』一九七九年六月臨時増刊号総特集タイトル）が照らし出す芸術から建築、ファッション、写真、映画に至る新しい思想の勃興と市民社会と市民像が鏡像となるモードの流行が台頭しており、例えばフランスから帰国した建築家中村順平による幻の東京の復興計画があった。昭和にはいると、建物の不燃化と避難場所の確保のために、小さな復興公園と校庭をもつ復興小学校の姿もあちこちにみられるようになった。

6　一九二〇年代の地方出身者と東京

「パンの会」の高村光太郎と永井荷風は、東京生まれの東京育ちである。その一世代下になると、福島に生まれ育った草野心平も四国の高橋新吉も盛岡の宮沢賢治も、地方から東京に出てきた人間である。草野心平は留学した中国との縁があり、そこで創刊した詩誌『銅鑼』が、一九二〇年代の東京およびその近郊にかかわる文学活動としての広がりをみせた。彼らの多くは「故郷喪失者」であったが、むしろ都市を中心とする近代社会の流動性を体現する象徴的な存在であった。ここで、地方出身者にとっての一九二〇年代を簡単にみておきたい。

　草野心平は一九二〇年四月、慶應義塾普通部三年に編入後、翌年の一月、上海にむかった。九月には嶺南大学（現、国立中山大学）のゼネラル・アーツ・サブフレッシュマンに入学する。一九二三年九月に起こった関東大震災を知ったのは、神戸から広東にむかう船上でのことだ。最終過程のシニア在学中に、同人詩誌『銅鑼』を創刊する。膨張する植民地（台湾・朝鮮・南樺太・関東州・南洋諸島）

の活動を表裏にもつ時代である。中国の労働運動や排日・英運動にみまわれ、『銅鑼三号』の未製本を荷物にして帰国する。すでに高橋新吉も同人だった。そこには高村光太郎や宮沢賢治、八木重吉との出会いもあった。

　宮沢賢治は五回ほど東京に滞在している。一九一六年の京都への修学旅行の帰途に、初めて東京の街に遊んだ。一九一八年十二月になると、妹トシの看病のため、翌年の三月まで滞在する。一九二一年一月、父親との軋轢を原因として、突然の無断上京をした後はその年の九月まで東京にとどまり、そこで暮らしていた。

　一九二四年四月の詩集『心象スケッチ　春と修羅』。同じ年十二月の童話集『注文の多い料理店』とが、賢治の生前の出版である。それほど長いとはいえない賢治の生涯にとって最後の東京は、一九二八年六月の仙台から水戸、東京、伊豆大島への旅行のときである。

たよりになるのは
くらかけつづきの雪ばかり
野はらもはやしも
ぽしゃぽしゃしたり黝《くす》んだりして

すこしもあてにならないので
まことにあんな酵母《こうぼ》のふうの
朧《おぼ》ろなふぶきではありますが
ほのかなのぞみを送るのは
くらかけやまの雪ばかりです

（宮沢賢治「くらかけ山の雪」『春と修羅』）

宮沢賢治の詩は、草野心平によって模倣されていると思われるほどのオノマトペや地方語を使用したストイックで誠実な詩である。しかし、天寿をまっとうするという意味からすれば、中原中也や八木重吉やその環境は異なるものの、芥川龍之介のように、彼もまたまことに自己の人生を生き急いだ感がする。

生来からの病弱の身だったのだろうか。「（あめゆじゆとてちてけんじや）」（「雨雪をとってきて下さい」）と熱に浮かされながら懇願する、兄思いのよき理解者であった妹トシの枕辺に賢治はいた。宗教的な熱情や安定とは異なっても、いかにも自らに課すものの多く、他者への奉仕に勤しんで無理をした様子もうかがえる。生き急いだ感じがするのは、人間の寿命というもののもつ個が、個的存在として終わっていく実相というものを表している故だろうか。
宮沢賢治も中原中也や立原道造や萩原朔太郎と同じく、戦争末期から戦後（敗戦）という時代をむかえずに、遠い世界の秘められた約束の地へといってしまった。

そら　ね　ごらん
むかふに霧にぬれてゐる
蕈《きのこ》のかたちのちひさな林があるだろう
あすこのとこへ
わたしのかんがへが
ずゐぶんはやく流れて行って
みんな
溶け込んでゐるのだよ
ここいらはふきの花でいっぱいだ

（宮沢賢治「グランド電柱」『春と修羅』）

それに比べてみると、草野心平や高橋新吉はまことに長生きの生を生きた。天寿をまっとうしたといってもよいように映る。『草野心平詩全景』やさらに『高橋新吉全集Ⅰ』を紐解いていくと、老いていくにしたがい、詩が加齢のなかでさらに醸成されている。ウィスキーやワインが熟成するように、詩（言葉）そのもののかたちと呼吸がよくなってきているようにさえみえる。

一九二八年、『銅鑼』が十六号で終刊する。同年十一月草野心平の『第百階級』が上梓されている。草野心平のもとには、多くの詩人や文学者が集った。そこには地方人特有の、また中国大陸の広東での「友（朋友）」を受けいれる大陸的な独特の素地があったものと思われる。それが縁となり、因となって、『宮沢賢治覚書』や『わが光太郎』がまとめられたのだ。光太郎による縁で、草野心平は宮沢賢治を発見した。それがさらなる縁となって、彼は光太郎の末期の水をとった。それだけではない。『宮沢賢治全集』を始め、『高村光太郎詩集』や『八木重吉詩集』、『村山槐多詩集』や『逸見猶吉詩集』、そして『山村暮鳥詩集』に至る編集に携わっているのだ。

その草野心平には、せまり来る歴史によって人生が揺らいだ瞬間もあった。

一九四〇年、中国で汪兆銘政権が成立する。孫文の死後、孫文の後継者として認められていた汪兆銘は、蒋介石と対立しつつ、重慶を脱出すると南京に日本と親和的な新政府を樹立した。草野は嶺南大学の同窓生の林柏生の招請によって、新政府の宣伝部の顧問に就任した。以後五年間を南京に居住する。大東亜文学者会議には、中華民国代表団のひとりとして参加した。第三回の南京大会では、訪れた小林秀雄や河上徹太郎などを中国各地に案内している。
日本の敗戦後は、南京日僑集中営に収容され、帰国したのは一九四六年三月である。

ここで思われるのはポール・ヴァレリーのことである。フランスでは、ナチス・ドイツに親和的なヴィシー政権のペタン元帥が裁判で国家反逆罪になっていた。独仏の関係でいえば、リュシアン・フェーブルとともに『アナール』誌を創刊し、未完の『歴史のための弁明』や心性史で知られるユダヤ系の歴史学者マルク・ブロックは、ドイツ占領下のパリを追われて遺書をしたためると、ヴィシー政権下のリヨン、パルチザンとして地下組織の活動にはいった。ノルマンディ上陸作戦後、ドイツ軍が南仏を撤退する直前にゲシュタポに逮捕され、パリやリヨンの解放直前に収監者として銃殺されている。第一次大戦後、ポール・ヴァレリーは一九二二年の講演「精神の危機」で、ヨーロッパは、アジア大陸の小さな岬のひとつになってしまうのか、それとも、地球の貴重な部分、球体の真珠、巨大な体躯の頭脳でありえるのかと自問したが、そのヴァレリーにしてもかつて陸軍省勤務時にユイスマンスと同様、反ドレフェス側につき、ペタン元帥について肯定的に発言をしたことがある。歴史の複雑さをうかがわせる逸話だ。そのヴァレリーは「歴史とは知性の化学が合成するこの上なく危険な産物である」（「歴史について」）と書いている。

7　草野心平と高橋新吉

さらに脱線にはなるが、このころの草野心平を中心とする詩の状況についてみておこう。草野心平の野獣派的ともいえる詩の特徴は、言葉の並びとしてみるならば、優雅なオノマトペと句点（。）である。初期の詩の蛙を歌う擬人法もひとつの特徴だった。

さむいね
ああさむいね
虫がないているね
ああ虫がないているね
もうすぐ土の中だね
土の中はいやだね
痩せたね
君もずゐぶん痩せたね
どこがこんなに切ないんだらうね
腹だらうかね

腹とったら死ぬだらうね
死にたくないね
さむいね
ああ虫がないてるね

（草野心平「秋の夜の会話」『第百階級』）

詩集『ダダイスト　新吉の詩』の出発は、「高橋の詩は散文に比べてもつと出鱈目で気まぐれに僕にはみえる」（「高橋新吉のこと」）という佐藤春夫の長い紹介文と、「新吉にはたしかに和製ランボオの資格がある」に始まる辻潤の「跋」によるものだ。

辻潤が高橋新吉を佐藤春夫に紹介することから、ひとつの出来事が始まり、この詩集が生まれた。この詩集によって高橋新吉自身だけではなく、詩的表現の時代が大きく展開する事件になった。

わずかにさかのぼる一九二一年のことである。若き高橋新吉は『万朝報』に投稿して選にはいるが、その発表の日の新聞に目をとめると、そこに「ダダイズム」の紹介記事が掲載されていた。以来ダダイストを自認した新吉は、三度目の上京で辻潤と佐藤春夫に出会った。辻潤は「現代は危機に瀕してゐた。新興精神のペンデュラムは益々大きく、つよく振動して、不安と激動の濁流を滔天させずには置かないであろう」と、このダダイストの名前を冠する詩集の「跋」を結んだ。

佐藤春夫は当時、詩人であり作家であったが、評論の活動も活発であり、評論家の肩書きももっていた。谷崎や芥川をしのぐともいえるほどに知られた書き手だった。その後、門弟三千人といわれるほどの影響力をもった。安岡章太郎には佐藤春夫の家を訪問し、暖炉前で眠ってしまったというユーモアのある文章がある。

確かに、ダダイズムとして出発した高橋新吉のスタイルと佐藤春夫の文章のスタイルとは、硬軟の対照的な文体であり、語られる「差異」のように違っている。しかし二人には共通点もあった。紀州の南端と四国の愛媛県の西端という地方からの出身者で、ともに宗教的な出入りの「閾」の境界をもつ作家である。故郷を出た佐藤春夫は、『観無量寿経』の翻訳だけでなく、『掬水譚』や『上人遠流』、『極楽から来た』など、宗教文学にちかい書き手でもあり、浄土宗の開祖源空法然に私淑している。墓碑は文京区の伝通院内にある。

高橋新吉は後に、「私のダダは、仏教の擬装したものである」と若き日の詩作について語っているが、それはやがて、海外からも評価される詩の形相となっていった。その中心は、禅仏教の無の文化である。『無門関』解説や『臨済録』などの翻訳がある。

皿皿皿皿皿皿皿皿皿皿皿皿皿皿皿皿皿皿皿皿皿皿皿皿皿皿皿皿
　　倦怠《けんたい》
　　額《ひたひ》に蚯蚓《みみず》這《は》ふ情熱
白米色《はくまいいろ》のエプロンで
　　皿を拭くな
　　鼻の巣の黒い女
　　其処《そこ》にも諧謔《かいぎやく》が燻《く》すぶってゐる
　　　人生を水に溶かせ
　　冷《さ》めたシチューの鍋《なべ》に
退屈が浮く
　　皿を割れ
　　皿を割れば
倦怠の響が出る

（高橋新吉「49　皿」『ダダイスト　新吉の詩』）

高橋新吉が詩集『ダダイスト　新吉の詩』を刊行してまもなく、草野心平が来訪し隣室に下宿したのは一九二五年の九月のことだ。高橋は『銅鑼三号』に執筆し、翌年、詩集『祇園祭り』（一九二六）を上梓する。さらに翌年の一九二七年になると、『歴程』の中心人物の逸見猶吉や中原中也に出会っている。

私の父は何時《いつ》も鶯《うぐいす》のやうな声を出す
耳の付け根から首の辺《あた》りは　肥料にする鰊《にしん》そっくりだ。
小さな雀《すずめ》程しかない頭をした私を
父はも一度鶏の卵の白味に包んで
孵化《ふくわ》させようとする。

あゝ鯖《さば》になりたや

（高橋新吉「あゝ鯖になりたや」『祇園祭り』）

草野心平と高橋新吉の出会いは、草野心平の『銅鑼』や、逸見猶吉によって発行された詩誌『歴程』にさかのぼる東京での生活のなかである。その後、草野心平は前橋に移り住み、萩原朔太郎や伊藤信吉に出会う。高橋新吉は戦中になると京都を足場にして、古社を巡り歩いている。高橋新吉が、八十歳後半までの人生の行路を無事に歩めたのも、そうした歩行による心身の健康が作用していたのかもしれない。

　明治から大正にかけての『新思潮』や『三田文學』などによって、反自然主義的で、耽美的な文学をつむいだ芥川龍之介や谷崎潤一郎、浪漫主義的な佐藤春夫の文学に、今日の文学から作家の書く質について考えてみる。現在の文学から眺めれば、当時からはるかに遠くに来てしまったという思いがする。そして詩の質についても、同様なことがいえるようにも思える。

　ダダイズムを含めたモダニズムの流れがあり、アナーキズムを含めたプロレタリア詩の流れがあった。さらには、不定職インテリゲンチャのアヴァンギャルドの詩の萌芽がある。これらは、前世代の浪漫主義や『東京の三十年』（田山花袋、一九一七）などの名作をもつものの自然主義の平板な詩作に対する批判から出てきたというふうにみることができる。しかし、一九二〇年代の終わりから一九三〇年代の昭和年代にはいると、プロレタリア詩の退潮と軸を同じくするようにして、『四季』や『歴程』、『日本浪曼派』や『詩と詩論』などの詩の質が一縷の望みのようにみえてくる。だがナショナリズムの勃興期とともに、次第におしよせてくる軍国主義の波によって閉塞すると、国家主義的な時代を背景に影は薄くなってくる。

詩における新精神運動の主体という役割をになって、昭和三年（一九二八年）に季刊雑誌『詩と詩論』が創刊された。この雑誌はそのころアヴァンギャルドの立場にあった詩人はいうまでもなく、ひろくモダニズムの詩人をも包合してひとつの文学集団をなし、昭和六年（一九三一年）まで続刊された。わが国におけるアヴァンギャルドまたはモダニズムの文学運動は、この雑誌を中心に展開され、その後の前衛的な詩運動は、すべてその源流をここにおくということができる。

（伊藤信吉「アヴァンギャルドの詩運動」『現代詩の鑑賞』）

こうしてみると、二十世紀初頭から第一次大戦後の「世紀末」と「ポスト・モダン」に通ずる「ダダ・シュルレアリズムの時代」（塚原史）に至る西洋の諸文学と文化活動が、ヴァレリーのいうヨーロッパの「精神の危機」を含みながらも、ある側面からすれば、まことに同時に日本に影響を与え、同時代の文化を築いていたことがうかがえる。高村光太郎や佐藤春夫や萩原朔太郎を筆頭にして、草野心平や宮沢賢治や高橋新吉の詩業を捉える場合に、「日本近代」の転換点として、ヨーロッパから遅延しつつやって来た「日本の世紀末」のなかに、一九二〇年代という時代を生きる詩人たちの青春期から戦中の詩作、さらには長生した詩人たちの晩年へとむかう詩作について、文化の共時性と日本の視点からのおおきな検証が必要である。

そこには、中心としての都市東京とその反照としての地方があった。だがこのダイナミズムは、暗転してゆく時代にどのような礎石を築きえただろうか。「近代詩から現代詩を通じて、詩における近代的自我の問題があれほど追及されたにもかかわらず、その詩的個性が雪崩のように崩れさったこと、政治の暴力に対して沈黙の抵抗さえできなかったところに、現代詩人の嘆きと反省がある」と、先の伊藤信吉は書いている。

Ⅳ　高村光太郎の造形芸術

高村光太郎という、明治十六年に生を受け、第二次世界大戦後まで生きた巨大な表現者がいる。一九〇〇年代に渡米、一九一四年には詩集『道程』を上梓していた光太郎を通したとき、いかなる一九二〇年代の文学風景がみえてくるだろうか。

1　新帰朝者としての光太郎

私が初めて高村光太郎の名前を知ったのは、詩集『智恵子抄』を手にしたときである。しかし、激しいとまどいと関心をもって光太郎の詩を読みだしたのは、粟津則雄の『現代詩史』のなかの「戦後の高村光太郎」を読んだときからだ。以来、高村光太郎の晩年が、詩人の老いた風景とともに、ますます巨大にみえてきた。同時に、その姿には何者かを激しい違和感をもって突きつけてくるものがある。

戦後世代が背負うことになる詩人の「責任」や、詩人と政治にかかわる「戦争」の影がその姿には透けてみえた。「わが詩をよみて人死に就けり」と書いた光太郎の戦争責任が、どのような意味でつながるのかは、その後に知ることになる。

光太郎は、日本近代を代表する帰朝者のひとりである。ニューヨーク、ロンドン、パリでの三年間におよぶ滞在に加え、イタリアを見聞した後に帰国した（一九〇六年二月―一九〇九年六月）。森鷗外や夏目漱石の次の世代である光太郎の留学は、永井荷風の留学時期と重なる部分がある。荷風は、光太郎がニューヨークに着く少し前にフランスのリヨンに渡っていた。ふたりには、留学先での面識はない。光太郎はロンドンでバーナード・リーチや荻原守衛と出会い、パリでロダンと会っている。本人の留学体験の質と体験そのもののほかに、同じく留学した他の文学者の見聞から、光太郎の生きざまをみようとすることがあるのは、そうした時代性のためである。

光太郎の戦後の詩集『典型』（一九五〇）は、それを物語っている。

私はパリで大人になった。

はじめて異性に触れたのもパリ。
はじめて魂の解放を得たのもパリ。
パリは珍しくもないような顔をして
人類のどんな種属をもうけ入れる。
思考のどんな系譜をも拒まない。
美のどんな異質をも枯らさない。
良も不良も新も旧も低いも高いも、
凡そ人間の範疇にあるものは同居させ、
必然な事物の自浄作用にあとはまかせる。
パリの魅力は人をつかむ。
人はパリで息がつける。

（高村光太郎「暗愚小伝　転調「パリ」」『典型』）

「僕は芸術界の絶対の自由《フライハイト》を求めている」（「緑色の太陽」）と書いた新帰朝者としての光太郎にとって、日本の風土や家や父なるものとの格闘がやってくる。と同時に、帰国後の『明星』や『スバル』との出会いは、書くことの再出発をもたらすものであった。光太郎は俳句も書いたが、留学中には『明星』に短歌を寄せていた。

近代はパリで起り、
美はパリで醇熟し萌芽し、
頭脳の新細胞はパリで生れる。
フランスがフランスを超えて存在する
この底無しの世界の都の一隅にゐて、
私は時に国籍を忘れた。
故郷は遠く小さくけちくさく、
うるさい田舎のやうだった。
私はパリではじめ彫刻を悟り、
詩の真実に開眼され、
そこの庶民の一人一人に
文化のいはれをみてとった。

悲しい思で是非もなく、
比べやうもない落差を感じた。
日本の事物国柄の一切を
なつかしみながら否定した。

（高村光太郎「暗愚小伝　転調「パリ」」『典型』）

帰朝後の一九一〇年代、光太郎は「本質のまるで別な人間たちが集まって、よくも語りよくも飲んだものだ」（「パンの会の頃」）と書いた。「パンの会」の北原白秋や木下杢太郎との出会いがあり、それに続く岸田劉生や木村荘八や萬鉄五郎などの「フュウザン会」に参加し、日本で最初の画廊の運営にもかかわった。九州の水郷、柳川に生まれた北原白秋の『東京景物詩及其他』（一九一三）は、当時の光太郎に光のような輝きをみせた。木下杢太郎のスケッチには、大きく光太郎の姿が描かれている。光太郎の青春は「パンの会」と「フュウザン会」とともにあり、『スバル』や『早稲田文学』や『白樺』でマチス、ゴーガン、ロートレック、未来派などを紹介する批評文を書くことから出発していた。

父光雲からの申し出をことごとく断り、自らの青春に身を投げいれる東京での生活は、自身の下町の出自や家の問題に無関係ではいられず、また、高名な彫刻家の長男として、親と子や家や世間の権威などのしがらみに反発する「近代的自我」の生きざまだった。「反逆」と「親不孝」と「放蕩」の一九一〇年代は、一九二〇年代の活動を準備した詩集『道程』の時代と重なるのだ。

鎧橋《よろいばし》の「鴻《こう》の巣《す》」でリキュウルをなめながら
私はどこ吹く風かといふやうに酔ってゐる。
酔ってゐるやうにのんでゐる。
まつたく行くべきところが無い。
デカダンと人は言って興がるが
こんな痛い良心の眼ざめを曽つて知らない。
遅まきの青春がやってきて
私はますます深みに落ちる。

（高村光太郎「暗愚小伝　反逆「デカダン」」『典型』）

そうした暗い青春に、光太郎を人生の讃歌と苦渋に投げいれる両義的な存在となる長沼智恵子との出会いが待っていた。智恵子は『青鞜』創刊号の表紙にアール・ヌーヴォー風の女神を描いていた。第一詩集『道程』が出版されたのは、一九一四年（大正三）の十月のことだ。復刻版の『道程』の初版本のページをめくってみれば、和紙装丁の詩集の香りがよみがえってくる。その年の十二月、『道程』後期の詩のなかに智恵子の影像を書き込み、智恵子との同棲生活にはいる。

帰朝後、両親や弟子たちの思惑とは異なって、「離群性」の強い光太郎は、精神の「近代」を生きようとした。そこに、やがてもうひとり「智恵子」という「近代」が加わる。光太郎にとって、芸術と生活の一元化だけではなかった。結婚生活と芸術の一元化があった。内縁関係のような東京でのふたりの生活は、光太郎にとっても智恵子にとっても自由ではあったが、日本的風土のなかでは、孤立した家庭人として、世間からの偏見を招く芸術家として、評判をつくる原因ともなった。

一九二〇年代の高村光太郎。ここには東京という地名にかかわりながら、生活と芸術に生きたひとりの詩人がいる。

2　一九二〇年代の光太郎

一九二〇年代という区切りが何らかの意味をもつことは、例えば『岩波講座　日本文学史』の第十三巻「二〇世紀の文学２」で神谷忠孝が「都市文化の爛熟と文学」として、「一九二〇年代から震災まで」「震災後から大正の終わりまで」「昭和初期の動向」という項目によって、書誌的に当時の文学活動を概観していることからもわかる。そこでは一九二〇年代をひとつのテーマとすることの重要性が、あらためて論じられている。一例を挙げるなら「全集」文化は、この時代に「円本」として登場したものである。「岩波文庫」も『サンデー毎日』『週刊文春』も、そして「赤旗」も、この時代に登場した。

　東京の都市の発展には、建築家伊東忠太の明治神宮や増上寺大殿があり、東京駅前には丸の内ビルや郵船ビルが建ち、本郷には安田講堂が建てられた。ニューヨークでは、ヴィンテージのある生活に都市の市民社会がにぎわい、大型の自動車に乗る「華麗なるギャツビー」が、ファッションと風俗を席巻する。パリでは、一九二〇年代のパリをシュルレアリスムからアール・デコまでの文化のファッションと捉え、「ユニークな文化の場所」（渡辺淳）であるカフェとキャバレーが栄えていた。「もしきみが幸運にも／青年時代にパリに住んだとすれば／きみが残りの人生をどこで過そうとも／パリはきみについてまわる／なぜならパリは／移動祝祭日だからだ」（『移動祝祭日』ヘミングウェイ、福田陸太郎訳）。一九二〇年代のパリとスタイン、フィッツジェラルド、パウンド、ジョイスとの交友と、小説修行に明け暮れる若き日のヘミングウェイがいる。東京には「現代は、一九二〇年代の模倣に過ぎない」といわれた風景があった。

一九二〇年代にいたる光太郎の造形芸術は、どのように展開されたのだろうか。

智恵子との結婚後、『ロダンの言葉』を訳しつつ、彫刻に打ちこんだ。『高村光太郎』や『生誕一三〇年　彫刻家・高村光太郎展図録』や『高村光太郎　美に生きる』をみてみると、「園田孝吉胸像」（一九一五）「今井邦子胸像」「智恵子の首」（いずれも一九一六）「裸婦坐像」「婦人像」（いずれも一九一七）「腕」「ピアノを弾く手」「足」「手」（いずれも一九一八）などの製作がある。「施無畏因相の手の形を逆にした構想で、東洋的な技法で近代的な感覚を表した。あの人さしゆびは、真っすぐ天をつらぬいているんだ」という「手」は、「白樺」で知り合った有島武郎に贈られたものだ。有島武郎は、光太郎とともにホイットマンを訳す先輩だが、その彫刻の実在感に感銘していた。

一九二〇年代にはいると、「母子像」（ミケランジェロ模刻・一九二四）「老人の首」「青沼彦治銅像」（一九二五）「松方巖胸像」「中野秀人の首」「大倉喜八郎の首」「黄瀛《こうえい》の首」（一九二六）などが制作される。

なお「黄瀛の首」のモデルになった中国人こそ、草野心平と関係のある中国の詩人黄瀛である。中国に留学した草野心平が、詩誌『銅鑼』（一九二五）を発行するときのメンバーのひとりだった。中野正剛の弟で、当時朝日新聞の記者していた中野秀人の紹介で、黄瀛は光太郎のモデルになった。中野秀人は、プロレタリア系や未来派にも関心があり、光太郎とは、恩地孝四郎や村山知義などとともに、交友関係がある。反日・反英運動によって一時帰国していた心平は、黄瀛に連れられて、光太郎宅を訪問する。黄瀛の詩集『瑞枝《みずえ》』（一九三四）には、光太郎が序文を寄せ、巻頭の口絵には写真が掲載されている。

光太郎が草野心平や尾形亀之助、逸見猶吉などの若い詩人と接するのは、この時期、つまり一九二五年頃からのことである。また一九二六年（昭和元）には、片山敏彦や高田博厚らと、「ロマン・ロランの会」を結成する。彫刻家としてのロダンを除けば、光太郎が精神的な意味で影響を受けたのは、西洋を体現するホイットマンとロマン・ロランである。かつてのパリでの生活を思い起こすと、同じアパートの二階にはリルケの住んでいた部屋があり、すぐ後ろのアパートにはロマン・ロランが住んでいた。

時代が下ってその後太平洋戦争期にはいると、日本文学報国会の発足とともに、光太郎は報国会の詩部会会長となり、大政翼賛会の詩人の代表として、「協力会議」に出席した。草野心平も、南京政府にあって、大東亜文学者大会の代表詩人である。孫文の死後、遺言によって後継者となった汪兆銘が、病気のために名古屋大学附属病院で逝去する。時代が暗転するなかで、中国側の南京政府が敗戦になると、心平と一家を日本に引き揚げるまで世話をした人物が、国民政府陸軍少将黄瀛なのである。

宮沢賢治が、光太郎のアトリエを訪れているのもこの時期であった。賢治の年譜では、一九二六年の十二月から翌月にかけての東京滞在中の頃だ。立ち話程度であったというが、賢治が尊敬していた光太郎に会ったのは、生涯一度のことである。黄瀛も一九二六年に花巻の賢治を訪れている。賢治が花巻で逝去したのは、一九三三年（昭和八）のことだ。光太郎は、心平に花巻にむかってほしいと相談した。光太郎の工面した費用で、賢治の初七日に心平は花巻へと赴くことができた。そのときである。賢治のおびただしい未発表作品を目にする。その年の十一月の賢治追悼講演会には、吉田一穂を連れ立ち、仙台で尾形亀之助と合流した。

光太郎と心平と賢治には、さまざまな縁の糸によってつながる関係がある。『宮沢賢治全集』の発刊を記念する写真が残されている。そこには、題字を書いた高村光太郎と谷川徹三、横光利一が写っている。

当時、草野心平はアナーキスト系の詩を書いていた。しかし、マルキシズム系の詩や『詩と詩論』のモダニズム詩にはなじめないでいたらしい。光太郎は、心平のために第一詩集『第百階級』（一九二八）や『蛙』（一九三八）の題字を書いた。詩誌『銅鑼』によって、ふたりの交友の始まる頃である。光太郎はアナーキストではないようだが、自由主義者としてのアナーキズムには理解を示していた。彫刻のモデルとなった中野秀人も、革新的な思想の持ち主である。こうした『白樺』や『歴程』の記念写真に写る光太郎の姿には、当時の多様な交友関係がみてとれる。

〈彫刻油画詩歌文章、／やればやるほど臑《すね》かじる。銅像運動もおことわり。／学校教師もおことわり。／縁談見合もおことわり。／それじやどうすればいいのさ。／あの子にも困ったものだと、／親類中でさわいでゐますよ。〉（「暗愚小伝　反逆「デカダン」」『典型』）。父親の関係の仕事をことごとく拒否する当初の光太郎の彫刻は、お金とは縁がなかったので、絵を売って生活と経済を支えようとする。だから「自画像」から「上高地風景」「静物」「裸婦」「女」や若き日の佐藤春夫をモデルにした絵もあった。戦後、佐藤春夫は『小説高村光太郎像』と『小説智恵子抄』を書いた。光太郎と智恵子の生活に社会の風評が厳しく投げかけられていた頃、ふたりの愛の姿を純粋に素描したものだ。

3　光太郎と智恵子

この時期は、後から考えてみれば、光太郎と智恵子の比較的に平和な時代であった。

高村光太郎を論ずる場合、『道程』の詩人、『智恵子抄』の恋愛詩人の姿がある。『道程』の前期・後期の詩には、断絶があるともいわれているが、俳句や短歌から離脱していく一方で、明治人としての漢文脈を内在させつつ、自由詩に接近する姿がある。そして光太郎にとっては、文学による救済に等しかった『智恵子抄』は、伊藤信吉によれば「愛の歌」「生活の歌」「哀傷の歌」「追慕の歌」「続・追慕の歌」の五期に分けられる。一九二三年（大正十二）から一九三一年（昭和六）は、「生活の歌」に該当する時代だ。

智恵子と私とただ二人で
人に知られぬ生活を戦ひつつ
都会のまんなかに蟄居した。
二人で築いた夢のかずかずは
みんな内の世界のものばかり。
検討するのも内部生命。
蓄積するのも内部財宝。
私は美の強い腕に誘導せられて
ひたすら彫刻の道に骨身をけづつた。

（高村光太郎「暗愚小伝　蟄居「美に生きる」」『典型』）

東京は、智恵子との近代的な家庭と仕事を一元的に創造する場である。

樹の多い静かな町、東京本郷駒込林町、現在の文京区千駄木五丁目の「わが家」だ。〈光太郎智恵子はたぐひなき夢をきづきてむかし此所《ここ》に住みにき〉（「うた六首」）。池袋駅から巣鴨、文京区を通って浅草寿町にむかうバスがある。このあたりの街並みを左手にみやりながら、通りを抜けると、森鷗外記念館を過ぎ、団子坂を下っていく。光太郎の住居からは、団子坂をおりて右にいけば上野界隈に出る。左にいけば道灌山下から日暮里、三河島のあたりにさまよい出ることができる。

　このアトリエで、二十年にわたる旺盛な芸術的生活が続くが、智恵子は体調を崩すと〈あれが阿多多羅山、／あの光るのが阿武隈川。〉の郷里に帰ることもあった。

――私は口をむすんで粘土をいぢる
――智恵子はトンカラ機を織る。
――鼠は床にこぼれた南京豆を取りに来る
――それを雀が横取りする。
――カマキリは物干し網に鎌を研ぐ。
――蠅とり蜘蛛は三段飛。
――かけた手拭はひとりでじやれる。
――郵便物ががちやりと落ちる。

——時計はひるね。
——鐵瓶もひるね。
——芙蓉の葉は舌を垂らす。
——づしんと小さな地震。
油蟬を伴奏にして
この一群の同棲同類の頭の上から
子午線上の大火團がまつさかさまにがつと照らす。

（高村光太郎「同棲同類」）

『智恵子抄』には一九三〇年代以降の詩が多いが、一九二〇年代の仕事や詩にはヴェルハーレンの詩を訳しつつ、智恵子に直接かかわる「樹下の二人」（一九二三）、「あなたはだんだんきれいになる」（一九二七）、「あどけない話」「同棲同類」（いずれも一九二八）などの詩ができていた。
智恵子について書く光太郎のペンは、いつもより軽く走る。それだけ、光太郎の潜勢力から沸き上がる自己言及性は高まっている。光太郎の詩の内的な声は、ひたすらに対幻想である智恵子に呼びかけ、自らに呼びかけ、読者に呼びかけるポリフォニーを奏でている。

智恵子は東京に空が無いといふ、
ほんとの空が見たいといふ。
私は驚いて空を見る。
櫻若葉の間に在るのは、
切つても切れない
むかしなじみのきれいな空だ。
どんよりけむる地平のぼかしは
うすもも色の朝のしめりだ。
智恵子は遠くを見ながら言ふ、
阿多多羅山の山の上に
毎日出てゐる青い空が
智恵子のほんとの空だといふ。
あどけない空の話である。

（高村光太郎「あどけない話」）

この時期に、光太郎が東京での市民生活を描いた詩がある。「丸善工場の女工達」（一九二〇）、「米久の晩餐」「クリスマスの夜」「砂漠」「新茶」（いずれも一九二二）などの詩群である。現在はともになくなってしまったが、浅草の瓢箪池の奥に、浅草十二階の凌雲閣があった。『写真で見る関東大震災』（小沢健志編）で上部が崩れた様子をみることができる。その右手にある北側の商店街のなかに「米久」がある。店にはいると、出迎えの太鼓が鳴り響く。原稿料などがはいると、光太郎と智恵子は、〈八月の夜は今米久にもうもうと煮え立つ。〉「米久」や鰻屋にやってきた。

冬の夕方そとを歩くと、
あの妙につやのある銀盤性の空に、
もう星がぱらぱらと見えかかり、
下界では何処ともなくどんよりただよふ
青やかな焚火のけむりの薄霞《うすもや》が、
路の隙間といふ隙間を埋めてゐる。
電燈の球がだいだい色に色めく頃には、

駒込千駄木林町に、
ちよつと人通りが途絶えるものだ。
さういふ時こそ、
通りすがりの垣根ごしに、
ふつと鋤焼《すきやき》のにほひがしたり、
又少しゆくと、往来のまんなかに、
一鹽《ひとしお》らしいさんまの匂が流れて来たり、
そこらの下水から石鹸《シャボン》くさい湯気が立つてゐたり、
いろんな親密な生活にめぐり合ふ。
つきあたる坂になるから、
あの上から又下町の灯を見て来ようとつい思ふ。

（高村光太郎「平和時代」）

この時期の詩は「「道程」以後」のもので、「猛獣篇」および「「猛獣篇」時代」「造型篇」と同時期に作られた詩である。光太郎の詩は、全部で五百余編あるといわれるが、一九二〇年代の「序曲」や「メロン」に始まり、一九三〇年代の「のつぽの奴は黙つてゐる」や「友よ」など、十一年間の詩の数は、全集でその数を数えてみると百三十一篇にのぼる。さすがに関東大震災の翌年の一九二四年には、わずかに二編の詩しか書けていない。

4　光太郎の戦後へ

光太郎を論ずる難しさのひとつは、智恵子の病気から死に至る行程にかんする光太郎の思いや、『智恵子抄』（一九四一）その他の人間光太郎の強い悲しみをどこまでたどれるかである。もうひとつが、母と父と智恵子をこの世から失ったその後の「おそろしい空虚」期に訪れた太平洋戦争がもたらした、詩人の傷心である。「わたしは徹底的に戦争を継続すべきだという激しい考えを抱いていた。死は、すでに勘定に入れてある。年少のまま、自分の生涯が戦火のなかに消えてしまうという考えは、当時、未熟ななりに思考、判断、感情のすべてをあげて内省し分析しつくしたと信じていた。もちろん論理づけができないでは、死を肯定することができなかったからだ。死は恐ろしくはなかった。反戦とか厭戦とかが、思想としてありうることを、想像さえしなかった。」（吉本隆明「敗戦期」『高村光太郎』）。日本の近代国家は、異例の天皇制を核とする君主制から、時代が危機感に差しかかれば差しかかるほど、絶対君主制の実態の姿を露わした。そこに明治憲法下の限界があるのだが、転向という日本独自の思想の転回は、単に民衆を平等にする革命ではなく、国家社会主義的な天皇のもとでの民衆の平等を志向するものであった。

太平洋戦争はひとりの芸術家、詩人としての光太郎を敗戦に追いやる。この時期の『大いなる日に』（一九四二）『をじさんの詩』（一九四三）『記録』（一九四四）をみれば、それがどんなに全身全霊のこもった詩であるかがわかるというものだ。私が手に入れた初版の『記録』は、昭和十九年三月二十日発行となっていて初版印刷が一万部となっている。全集の第十一巻には、『記録』の「詩篇前書き」が、戦時の「記録」としてまとめて編纂されている。

光太郎が、母（一九二五年没）を亡くし、父（一九三四年没）を亡くし、さらに智恵子（一九三八年没）も亡くしたとき、そこにはとてつもない「空虚」があった。光太郎の一九三〇年代は、総じて不調の時代であった。この埋めることのできない「空虚」を受けいれたのが、徐々に迫りくる戦争の暗雲に対する危機感であった。光太郎は、それを「おそろしい空虚」と感じて、庶民の深層にある民族的な共同幻想にむかって筆を走らせることになる。

そこには、東京の下町、千駄木から日暮里を経て、三河島まで歩いて出かけた光太郎の姿と足跡をみることができる。

金がはいるときまつたように
夜が更けてから家を出た。
心にたまる膿のうづきに
メスを加えることの代りに
足は場末の酒場に向いた。
――お父さん、これで日本は勝てますの。
――勝つさ。
――あたし昼間は徴用でせう。無理ばつかし言われるのよ。
――さうよ。なにしろ無理ね。
――おい隅のおやぢ。一ぱいいいかう。

（高村光太郎「暗愚小伝　暗愚」『典型』）

昭和二十年の四月十三日、空襲によってアトリエを焼け出され、一転して東北の地に独居生活をする。父から譲り受けた鑿の道具一式だけをもって、宮沢賢治宅におもむいた理由には、『高村光太郎論』（中村稔）に書かれるようにさまざまな憶測がある。さらに、そこも空襲によって焼け出されると、山口村で冬は雪に埋もれる農耕自炊生活を始めた。

敗戦後には、戦争責任が問われ、極東軍事裁判だけでなく、公職追放や文学者の戦争責任の名簿が提出されるようになる。戦後の日本だけでなく、ドイツやイタリアでも、フランスや中国でも、戦争責任が厳しく問われていた。

天皇あやふし。
ただこの一語が
私の一切を決定した。
子供の時のおぢいさんが、
父が母がそこに居た。
少年の日の家の雲霧が
部屋一ぱいに立ちこめた。
私の耳は祖先の声でみたされ、
陛下が、陛下がと
あへぐ意識は眩《めくるめ》いた。

身をすてるほか今はない。
陛下をまもろう。
詩をすてて詩を書こう。
記録を書こう。
同胞の荒廃を出来れば防がう。
私はその夜木星の大きく光る駒込台で
ただしんけんにさう思ひつめた。

（高村光太郎「暗愚小伝　二律背反「真珠湾の日」」『典型』）

空襲でアトリエを焼け出され、岩手県の山のなかで、戦後七年余におよぶ流謫としての蟄居生活が続いた。頑健な体力の持ち主ではあっても、さすがに六十歳を越えると、体力の衰えは否定できない。それは、人生に転機をもたらすつかの間の時間ではなかった。この時期の光太郎について、どのように考えることができるのだろうか。光太郎の自省しつつ蟄居する姿には、戸惑いを感じる人もあるかもしれない。

冬は豪雪、夏は湿気のために、彫刻にむかない地勢、環境だった。そのためによく書をしたためた。『維摩経』に親しみ、仏教的な文字を揮毫する光太郎の姿がある。
花巻の山奥から十和田湖の裸婦像製作のために戻って来るときの詩がある。

上野についたら、
生《なま》さのむべ、
づけさやるべ
まきさけくさろ、
火の車のぢやぢや麺《めん》にも
トロイカのペロシユキイにも
それからゆつくりありつくさ。

（高村光太郎「暗愚小伝　餓鬼」『典型』）

そして、この時代の詩のひとつの特色であるが、「ちえさん」への心の対話とともに、「雨にうたるるカテドラル」や「ラコツチイマアチ」（一九二一）、「車中のロダン」や「後庭のロダン」（一九二五）、「聖ジャンヌ」や「ミシエル・オオクレエル」（一九二六）、そして「二つに裂かれたベエトオフエン」

（一九二七）などの留学時代の思い出を喚起する作品群がある。

光太郎の詩の作り方は、時間をかけて詩を熟成させていくような趣がある。特に智恵子の思い出やパリの思い出の詩については、かなりの時間を潜勢的に経過するなかで、自らにたいして生じた差異をとらえてゆく詩学、「書差学」によって書かれている。彫刻や油画や木彫とは異なり、光太郎にとっての詩は、安易な言葉の形象によって書くものではなかったということだろう。

「パンの会」は、パリを流れるセーヌ川と日本の隅田川をアナロジーに見立てた同人の会だ。ここにいて、ここにいない、ユダヤの民である。いや、ここにいて、パリにもいる。彼らは江戸を持続する東京の墨田川をセーヌにみたて文化交遊の場所とした。そこには、芥川龍之介の「大川の水」や「本所両国」など、『隅田川の文学』（久保田淳）で論ぜられる文学トポスがあった。しかも、東京とヨーロッパ、パリという距離を越え、時間を超えて、精神のなかに風景を獲得する共時性がある。ノートルダム寺院もロダンやロマン・ロランも、江戸の風情を持続する下町の風景も、東京の「ここ」と「いま」と同じであり、文化と風景が共時的に顕現する。「ロンドン滞在中、私にとって深い意味を持ったのは、バーナード・リーチと知り合になったことである。」（「父との関係」）。そうしたロンドンの経験から、「私はこの世で荻原守衛に遭った深い因縁に感謝している。」（「荻原守衛」）というパリの個的な歴史との対話へと移る。

パリでは、ロダンの秘書を務めるリルケと同じホテルに滞在した。ここで、リルケは『オーギュスト・ロダン』や『マルテの手記』を書いた。ロダンがイタリア旅行で感銘したものは、ミケランジェロだった。やがて、ミケランジェロのなかに、ロダンはヨーロッパの自然を見出している。「考える人」は「詩人」だった。ヨーロッパの「一四、一五世紀には私のような芸術家はいくらでもいた」と、光太郎は自らのマルチな才能を顕現させる芸術家としての生き方について語っている。

この留学時代は、光太郎自身の東京での人生を解くカギともいわれてきた。この時期の詩作には、精神の共時性によって喚起された留学時代の思い出を風景とする、頭脳のネットワークが実現している。

ぐらぐらと目まひがすると、
ロダンははつと氣がついた。
たそがれ時のオテルビロンの階段を
両手をうしろにして庭から昇る彼の顔に、
ああ何といふ素朴な飛躍。

――さうして私は本を閉ぢた。
しんかんとした駒込千駄木林町へ、
霜を狩る黄鐘調《おうじきてう》の午前二時が鳴りわたる。

（高村光太郎「後庭のロダン」）

そして、「白熊」や「傷をなめる獅子」や「狂奔する牛」（いずれも一九二五）、「鯰」や「象の銀行」や「雷獣」（いずれも一九二六）などの詩群がある。加えて注目すべきは、この時代が、智恵子と光太郎のふたりの芸術生活が重層する「猛獣編」の時代と重なるだけでなく、関東大震災以後に本格的に人気となった木彫の作品の制作期と重なることである。

5　高村光太郎の芸術の総体

「ロダンの言葉」に引き続く「続ロダンの言葉」を訳しながら、光太郎は彫刻を制作し、関東大震災後には、木彫を製作した。

父光雲は下町に生きた伝統的な木彫家である。「近代」へのゆりもどしとして「伝統」を保存する立場から、東京美術学校の教授となった。「父の作品には大したものはなかった。すべて職人的、仏師屋的で、また江戸的であった。」（「父との関係」）と、息子の光太郎に批判される光雲は、「老猿」（一八九三）や「西郷隆盛像」（上野恩賜公園、一八九八）や「楠木正成像」（皇居前広場、一九〇〇）他の多くの作品を作っている。高野山では仏像なども手掛けていた。『幕末維新懐古談』という書物もある。光太郎が精を出した木彫は、そんな父親に評価された。人気が出てくると、売れるようになる。

それらの製作物は、智恵子とのふたりの経済を幾分かは助けていたようだ。「魴鮄《ほうぼう》」や「蝉1」「蝉2」「蝉3」や「柘榴」（いずれも一九二四）、「鯰1」や「うそ鳥」（いずれも一九二五）、「鯰2」や「蝉4」や「栄螺《さざえ》」（いずれも一九二六）、「桃」（一九二八）、「白文鳥」や「蓮根」（いずれも一九三〇）、「鯰3」（一九三一）などの作品である。木彫作品は、その詩と比較してみても、甲乙つけがたいほどの鑿跡の鋭い完成度がある。

光太郎は、「うそ鳥」を胸に抱き、外食しながら、何度も取り出してみては親しんだ。智恵子も欲しいとせがむほどだった。「白文鳥」は白檀製で、お香の匂いがする。

黙つて刃物を研いでゐる。
もう日が傾くのにまだ研いでゐる。
裏刃とおもてをぴつたり押して

研《と》水《みず》をかへては又研いでゐる。
何をいつたい作るつもりか、
そんなことさへ知らないように、
一瞬の氣を眉間にあつめて
青葉のかげで刃物を研ぐ人。
この人の袖は次第にやぶれ、
この人の口ひげは白くなる。
憤りか必至か無心か、
この人はただ途方もなく
無限級数を追つてゐるのか。

（高村光太郎「刃物を研ぐ人」）

この頃の翻訳の仕事には、『ロダンの言葉』に続く『続ロダンの言葉』（一九二〇）に加えて、『回想のゴッホ』や『ホイットマン自選日記』、そして『ヴェルハーレン訳詩集　明るい時』（いずれも一九二一）がある。その後関東大震災が起こると、光太郎はアトリエを被災者に開放した。翌年の春には、福島にある智恵子の実家から清酒「花霞」を取り寄せて販売し、自作の引札も作っている。さらに『リリュリ』（一九二四）、『ヴェルハーレン訳詩集　天上の炎』（一九二五）、『評伝オオギュスト・ロダン』（一九二七、改装普及版は翌年）、『ロダンの言葉　正続改装普及版』（一九二九）などの翻訳がこの時期の詩の生成とリンクする。

　さらに加えて高村光太郎の書が、玄人をひきつけていた。特に、書を仕事とする書家からの羨望のまなざしさえある。『高村光太郎　書』や『高村光太郎　書の深淵』、雑誌『墨　高村光太郎　書とその造型』（一九八五年三月号、北川太一監修）をみると、光太郎による二種類の「般若心経」が印象的だ。ひとつは、弟の周豊《とよちか》の亡くなった幼女の菩提をともらう紺紙金泥の「般若心経」（一九二四年）で、これは書家の評価がとても高いものだ。もうひとつは、体調を崩した智恵子が、九十九里浜に静養したときに自分の刺繍で表具して折本としてもっていた「般若心経」（一九三四年）である。「書の魅力は実は意味と造型とのこんぐらかりにあり、書の深さはこのヌエのような性質の奥からでてくるので、書の東洋的深淵という秘境の醍醐味は、外国的抽象美には求められない」（「書の深淵」）と書く光太郎の書については、「荒地」の初期からの詩人で、書道評論家の疋田寛吉によれば当時は毛筆常用時代からペン字へと変換する過渡期ではあったが、幼少期にきちんとなされた書道の痕跡があるという。

光太郎は、一九二〇年代の以前に、すでに『六朝書道論』（康有為著、井土霊山・中村不折翻訳、一九一四）の碑碣拓本に関心を示していた。一九二六年には、「顔真卿的な力はあとでいい。まず鄭道昭的な心力を得よ」と展覧会の彫刻を批評したのだ。一九二八年になると、瀧波善雅に属して、石印と竹印を作っている。その後、一九三六年には、花巻市の羅須地人協会跡に宮沢賢治歌碑を揮毫し、翌年には取手にある長禅寺で「小川芋銭先生景慕之碑」を揮毫し、除幕式に参列する。それは、戦後の山口村でのひとりでの生活や東京中野のアトリエでの書につながる高村光太郎の姿である。

こうしてみてくると、高村光太郎という芸術家の活動の全貌がみえてくる。彫刻、木彫、絵画だけでなく、短歌、詩、書、翻訳、批評もある。詩人としてだけではなく、彫刻家、木彫家として、あるいは書もよくした光太郎の生きざまが、一九二〇年代の活動の総体として浮かび上がってくるのだ。

ヨーロッパのルネサンスにおける人間観には、なんにでもかかわりながら多様なものを製作する芸術家の姿がある。そこには、「ミケランジェロの作品は形とモティーフにおいてばかりではなく、イコノグラフィーと内容においても新プラトン主義の態度を反映している」（『イコノロジー研究』エルヴィン・パノフスキー）というミケランジェロの幻影がみえてくる。ミケランジェロは、フィレンツェの政争に巻きこまれ、メディチ家礼拝堂の地下に隠れなければならなかった。建築家であり、彫刻家であり、詩も書くミケランジェロは、ダンテを尊敬していた。異郷のラヴェンナからダンテの遺骨を取り戻す嘆願書に署名もするほどであった。さらには、遺骨の帰国がかなったときには、無報酬で墓碑を造るとさえ申し出ている。

フィレンツェには暗雲が立ちこめていた。共和国政府の革命軍と、皇帝と教皇の同盟軍が争うなかで、革命軍は敗れたのだ。アジールを求めたミケランジェロは、同盟軍であるメディチ家の地下に潜んで、新プラトン主義による『神曲』の注解を読んで、時間が過ぎるのを待った。外では、共和国政府の仲間たちが、次々と処刑されていく。光太郎は、革装のミケランジェロの詩集を買い求めていた。光太郎は、それを出征するひとりの青年に餞別として与えるが、その人物こそ、後に『草の花』を書く作家、福永武彦である。福永武彦は戦後、加藤周一、中村真一郎と活動する作家で、フランス文学者だ。作家池澤夏樹の父である。

6　戦後の「典型」

光太郎は一九二五年の母の死に際して、次のような詩を書いた。

　　死ねば

死ねば死にきり。
自然は水際立つてゐる。

　　無いからいい

生きよ、生きよ、生きぬいて死ね。
そのさきは無い、無いからいい。

　　一人づつが

一人づつが眼をあかないで、
何の全体。
おれは下からゆく。

（高村光太郎「夏書」）

戦後、岩手県花巻市の郊外に独居生活する高村光太郎は、取り囲む「自然」に融和するようにして、「わが詩をよみて人死に就けり」（一九四七）と回顧した。戦争期を自省する詩である。〈わがこころはいま大風《おおかぜ》の如く君にむかへり〉（「郊外の人に」一九一二）と婚約者の智恵子に捧げる思い出から、今は亡き智恵子に戦後の「報告」をする詩人がいる。光太郎の最後の詩集『典型』（一九五〇）に収められた六章二十編の「暗愚小伝」の連作は、今でも詩編『暗愚小伝』として、ペン字による自筆の原稿をみることができる。

戦時中、検閲のなかで、詩集『大いなる日に』や『をぢさんの詩』、そして『記録』のおびただしい戦争詩を書いた。光太郎は「わが詩をよみて人死に就けり」と書く自己懺悔に生きる己の姿を、「典型」と名づけた。これらの詩は、臼井吉見が編集する『展望』（一九四七）に送られて、掲載されたものだ。

戦後の東北奥羽の山奥の生活にあって、光太郎の精神が江戸から明治、大正、昭和の精神史を反復している。詩集の見返しの扉には、有島武郎に贈った塑像の「手」の写真が使用された。

今日も愚直な雪がふり

小屋はつんぼのやうに黙りこむ。
小屋にゐるのは一つの典型、
一つの愚劣の典型だ。
三代を貫く特殊国の特殊の倫理に鍛《きた》へられて、
内に反逆の鷲の翼を抱きながら
いたましい強引の爪をといで
みづから風切《かざきり》の自力をへし折り、
六十年の鉄の網に蓋《おほ》われて、
端坐粛服、
まことをつくして唯一つの倫理に生きた
降りやまぬ雪のやうに愚直な生きもの。

（高村光太郎「典型」『典型』）

「私にとってこの世は造型である。私の詩もまた造型の対位として存する」（「詩について1」）と語った。光太郎の詩論は、直観を軸に、彫刻の芸術論と不可分なものとなっている。そのため客観的にみる光太郎の詩の形相は、彫刻のようにけずりとられた詩の連なりとなっていて、読者に強い緊張を強いた。「光太郎の詩も彫刻も言わばリアリズムの作品である。芸術的には一生リアリズムの街道を歩いていた」、「高村さんの詩は男性的で強い。そのように人間としても強かったが、また同時にずいぶん弱いところもあった。頑固だったが図太くはなかった」(「大いなる手」『わが光太郎』)と、草野心平は、あきらかに萩原朔太郎とは違った感覚で詩人をみている。

「ぼくの詩は人生の責任をもっている。花鳥諷詠とはちがう」と語る光太郎は「冬の詩人」であった。冬になると、心身がシャキッとして、引き締まると語った。『道程』の時代から多くの「冬」の詩がある。東北の山暮らしは冬になれば、しんしんと雪降るなかの冬眠生活だった。そこでは、風土的に彫刻は難しかった。光太郎の死後発見された作品が、囲炉裏の灰のなかから出てきた「ウサギの首」である。それだけが唯一の制作とされる。むしろここでは光太郎の嗜好によって、多くの書が書かれた。光太郎はいろいろな人から世話を受けると、お礼の意味を兼ねて色紙に書を書いた。

四月になって、東京に雪が降った。そんな日の未明、帰京した光太郎は中野のアトリエで七十三歳の生涯を閉じている。

私たちは、高村光太郎という詩人について、すでに多くのことを知っている。しかし、日本近代に生まれた特異な巨人といわれるその全体像は、確かな姿をみることができているだろうか。戦後の山林の弧棲として、「自己流謫」の農耕自炊の生活のなかで書かれた詩集『典型』から一九二〇年代の光太郎の生活と活動を照射して現代から対話をしてみるとき、光太郎の精神史である「暗愚小伝」の詩は、光太郎の生活と芸術活動との交響をはたしているかもしれない。

『高村光太郎全集』の全貌に触れてみよう。索引をみるだけでも、十八巻におよぶ尋常でない量と質である。全集に収められた「戦争詩」とは、本当はどのようなものであったのか。詩集『典型』の全詩は、どのように私たちの現在に語りかけて来るのか。

　戦後まもなく「荒地」の鮎川信夫に見いだされた吉本隆明は、早くも二冊の詩集『固有時との対話』と『転位のための十篇』を上梓していた。そして鮎川信夫の紹介で、早稲田大学の新庄嘉章宛の紹介状をもらい大学の図書館を利用すると、『スバル』に掲載されていた光太郎の埋もれていた作品を探し出した。

　そこで目にしたのが、「出さずにしまった手紙の一束」の文章である。「戦後、絶望と虚脱のなかで、自己と現実との関係を回復しなければ生きてゆくことは出来ないと思いはじめたとき、はじめて、高村が自分に与えた影響の意味を再検討することが、わたしの内部的な日程にのぼったのである」。私たちは、ここから単に思索から詩作へと詩的生成を彫琢する高村光太郎という詩人論だけでなく、詩人の戦争責任論に至る解釈の革新への道筋をみることになる。

すつかりきれいにアトリエが焼けて、
私は奥州花巻に来た。
そこであのラヂオをきいた。
私は端坐してふるへてゐた。
日本はつひに赤裸となり、
人心は落ちて底をついた。
占領軍に飢餓を救はれ、
わづかに亡滅を免れてゐる。

（高村光太郎「暗愚小伝　終戦」『典型』）

戦後七年たったとき、青森の十和田湖畔に記念像「乙女の像」を建てるために帰京して住みこんだのは、中野にあるアトリエだった。アトリエでは、拡大された「黄山谷」の細く鋭く流れる書を壁に貼り、それを毎日みている光太郎がいた。『晩年の高村光太郎』（奥平英雄）を読むと、「書」にかんする事項が多い。「書の深淵」や「黄山谷について」の書論から画帖の「有機無機帖」についての記述がある。そして、アトリエで静かに仕事と瞑想をする光太郎の姿があった。

ロダンは、ミケランジェロにヨーロッパの神秘主義的な自然をみていた。自然は、東洋の芸術家にたいして、石膏の代わりに書という造型を与えたのかもしれない。ヨーロッパの芸術家にとっては、デッサンがいのちである。総合芸術としての書への志向性が、いかにも東洋の残り少ない芸術家のいのちが固執した対象にみえてくる。ロダンの芸術にとっての自然から東洋の芸術家にとっての自然は、「木彫」と「書」に結実する神秘的な形象となって、光太郎に造形芸術の道を進ませているかのようだ。これらは、「世紀末」の文化が、「日本」の歴史と文化を包み込み、互いに連関する間テキスト性となって、光太郎の芸術と生活の一元化をはたし、互いに交響した。

画帖には「観自在菩薩」もあれば、ヴェルハーレンの「ミケランジュ」の訳詩も書き込まれている。政治とかかわり、政治に巻きこまれたミケランジェロの地上での格闘と生活こそ、言葉で言い表すことのできない非在の像であり、光太郎の山奥での蟄居の生活に類似する時空ではなかったろうか。厳しく根源の細部を求める光太郎にとって、生活と芸術の自然性も、時空をきざんではとつとつと訪れてくる人生の苦悩も、それは、成熟と言っていい精神と技術の時間軸の深化なのだろうか。それとも、不可避の非情な遅延というべき身体性の時間なのだろうか。死は大地（自然）の下からやってくる、と光太郎は詩に書いた。

光太郎の最後の詩は志賀直哉の晩年の小作品「ナイルの水の一滴」を思い起こさせる。「生命の大河」という詩である。「科学は後退をゆるさない。／科学は危険に突入する。／科学は危険をのりこえる。／放射能の故にうしろを向かない。／放射能の克服と／放射能の善用とに／科学は万全をかける。／原子力の解放は／やがて人類の一切を変え／想像しがたい生活図の世紀が来る。」（「生命の大河」一九五六）。この詩はおそらく、世間の評価を二分した晩年の吉本隆明の問題の「原発」発言にかかわりがあると考えるべきだろう。

V　横光利一のモダニズム

横光利一は、現代では、まことに語られることの少ない作家である。というのは、横光利一は、作家として大正期から終戦までのトップランナーであったにもかかわらず、それがゆえにというべきか、詩人の高村光太郎と同じように、二・二六事件から始まる国家的な戦争期の渦に巻き込まれた時代の作家だ、とこれまで評価されてきたからである。横光を見直すとき、一九二〇年代は大切な鍵になる。

1　横光利一とその出発

横光利一は志賀直哉を目標とし、それを乗り超えようとする営為によって、大正から昭和を代表する新興作家となった。『暗夜行路』の前篇を終えた志賀直哉が、後篇を完結できないままに、関西の京都の粟田口から山科、そして奈良に赴いた頃である。志賀直哉は当時『文藝春秋』を創刊した師の菊池寛と改造社の山本実彦の支援もあって、プロの作家としての自覚と研鑽を積み、芸術派を代表する「文学の神様」となっていた。菊池寛から紹介され、後に終生の友となった、「伊豆の踊子」や「浅草紅団」や戦前の「雪国」の川端康成をはるかに凌駕する作品群と人気であった。

一九二〇年代の横光利一とは、何ものであったろうか。同人誌活動から作家としての活動が開始されている。関東大震災の翌年『文藝時代』を創刊し、堀辰雄や川端康成とともに『文学』や『作品』『文學界』へと作品を次々に発表した。上海に取材で滞在した後、六年をかけて長編小説『上海』を書くのだが、一転するようにして、西洋文学の影響下にモダニズム風の『機械』や『時間』の心理的小説を書き始めた時期である。

そして当時、近代日本の首都である東京とその周辺に生活の基盤を移していた。小石川から神奈川県葉山、阿佐ヶ谷から上海、そして東京の下北沢へと、結婚や母との同居、妻の病気から転居と前妻の死、そして再婚から終の棲家への移転と、横光利一の生活圏は帝都東京を変転とする。

横光利一にとっても、一九二三年九月の関東大震災は大きなエポックとなった。

そのとき、横光は神田の東京堂書店にいた。

火の海にくるまれた街から高台の駿河台へむかった。道路には、ニコライ堂から出てきた女性たちが手をつないで祈りを捧げている。菊池寛が旗をもって、横光利一を探した。目白台、雑司が谷、早稲田界隈と歩きながら探してきて、ようやくにして無事が確認された。横光利一には、関東大震災の様子を髣髴とさせるような、「死」（一九二三）という詩がある。

後年横光は、取材派遣によってパリを訪問した際に、「巴里ポルザ萬国知的協力委員会」での講演で「この地震の災厄は、歴史に現れてゐる範囲では、二百六十回の多数にのぼります。一回の地震の度毎に、それまで営々として築いた国民の文化と伝統は、一朝にして、跡形もなくなります」と、日本人と地震の関係について語っている。帰国後の小説「厨房日記」では、特別に会いに出かけたダダイストのトリスタン・ツァラにむかって、「日本という国について外国の人人に知っていただきたい第一のことは、日本には地震が何よりの国家の外敵だということです」と、パリでの講演と同じ内容を登場人物に語らせている。

さて、横光利一と詩の関係である。

横光利一の文学にとって、詩は大きな役割をはたしている。

横光利一が詩の存在の近くにいたというのは、事実だ。中退となった早稲田大学高等予科の仲間には、棟方志功の版画（棟方自身は「板画」で統一している）で知られる佐藤一英や吉田一穂、中山義秀や小島勗《つとむ》、そしてイエーツ研究の尾島庄太郎などの詩人や詩の研究家がいる。当時、ガリ版刷りで発行された詩集『十月』には、「雲」「水車」「想妹草」の三篇を発表していた。

すでに、横光は「眼の大きな蠅は、今や完全に休まったその羽根に力を籠《こ》めて、ただひとり、悠々《ゆうゆう》と青空の中を飛んでいった」文章で終る『蠅』（『新小説』）と、「太陽は入江の水平線へ朱《しゅ》の一点となって没していった。不弥《うみ》の宮《みや》の高殿《たかどの》では、垂木《たるき》の木舞《こまい》に吊《つ》り下《さ》げられた鳥籠《とりかご》の中で、橿鳥《かけす》が習い覚えた卑弥呼《ひみこ》の名を一声呼んで眠りに落ちた」で始まる『日輪』（『文藝春秋』）の作品を同時に発表していた。それは、関東大震災が起こった年の五月のことであったが、このふたつの作品こそ、横光利一を新進作家として注目させる出来事であった。

同時に、友人の小島勗の妹キミと同棲生活にはいる。キミとの生活は当初、兄の小島からも、また横光自身の母からも反対された。そうした事情があってのことであろうか。横光は、結婚しても籍をいれることがなかった。家庭内でのふたりのいざこざもあったが、母の死後、キミも肺を病んで転地療養となった。横光がキミを入籍したのは、その死後のことだ。

> 海面にはだんだん白帆《しらほ》が増していった。海際《うみぎわ》の白い道が日増しに賑《にぎ》やかになって来た。
> 或る日、彼の所へ、知人から思わぬスウィートピーの花束が岬《みさき》を廻って届けられた。

長らく寒風にさびれ続けた家の中に、初めて早春が匂《にお》やかに訪れて来たのである。

彼は花粉にまみれた手で花束を捧《ささ》げるように持ちながら、妻の部屋へ這入《はい》っていった。

「とうとう、春がやって来た」

「まア、綺麗《きれい》だわね。」と妻はいうと、頬笑《ほおえ》みながら痩《や》せ衰《おとろ》えた手を花の方へ差し出した。

「これは実に綺麗じゃないか。」

「どこから来たの。」

「この花は馬車に乗って、海の岸を真っ先に春を撒《ま》き撒きやって来たのさ。」


（横光利一「春は馬車に乗って」）

一九二〇年代の最初のエポックである関東大震災の後、東京は、都市の復興計画とともに、新しい時代の多様な表層的文化が溢れるように膨れ始めていた。

文芸雑誌の『文藝春秋』（一九二三）と『文藝時代』（一九二四）や『文藝戦線』（一九二四）など、雑誌の創刊が相次いだ。この雑誌の時代に、横光と菊池寛との関係は深いものがあった。同人誌『文藝時代』で川端康成や片岡鉄平などとともに、既成のリアリズム手法の作品に挑戦し、やがて、斬新な技法実験による「新感覚派」の旗を上げる。このモダニズムの文学活動である「新感覚派」は、自然主義やマルクス主義に対立する位置にある。その命名は、横光の「頭ならびに腹」の作品のなかの「真昼である。特別急行列車は満員のまま全速力で馳けていた。沿線の小駅は石のように黙殺された」を、千葉亀雄が象徴的に「新感覚派の誕生」と捉えたことに端を発していた。震災後のスピード感のある時代を象徴する、擬人法と比喩の「新感覚派」は、当時にあっては「モダニズム」を代表するひとつの芸術表現であった。

ここに横光のダダ的、未来派的ともいえるモダニズムの姿がある。「春は馬車に乗って」のリリシズム以後、横光は『支那游記』を書いた芥川龍之介などの前例もあって、一九二八年（昭和三）に、中国の上海を訪問した。

2　上海

それは、ほんのひと月間の滞在だった。その時間は横光利一にとってどのように流れたのだろうか。「この作品は私の最初の長編である。私はそのころ、今とは違って、先ず外界を視ることに精神を集中しなければならぬと思っていたので、この作品も、その企画の最終に現れたものであるから、人物よりもむしろ、自然を含む外界の運動体としての海港となって、上海が現れてしまった」（「序」）。こうして長編小説『上海』は書き始められる。

長編小説『上海』は、それまでの横光文学を集約した小説であるといってよい。六年という時間をかけて少しずつ発表された小説は、完結するとまとめられて「上海」と名づけられた。一九三五年（昭和十）に決定版が書物展望社から出版されている。

上海は当時、アヘン戦争以後の欧米列強の租借地となっていた。バンドを中心に、欧米の建築や映画やジャズや店舗がひしめく東洋のパリといわれた都市である。何よりも、当時の日本人にとっては抑圧から解放された「リトル東京」であった。バブルはなやかな頃に出された『上海読本』（日本ペンクラブ編、村松友視選）や『香港読本』（日本ペンクラブ編、山口文憲選）は評判となったし、当時とも通じる上海への視線を感じさせるものだった。「横光利一が上海を訪ねたのは、一九二八年春のことだが、同じ年の十二月、詩人の金子光晴が夫人の森三千代といっしょに、長崎から上海行の便船長崎丸に乗りこんでいる」。前田愛は『都市空間のなかの文学』に収録された「SHANGHAI 1925」をそのように書き始めている。前年に金子光晴が上海に滞在しており、横光と交際がすでに始まっていた。終戦間近の上海で当時、国際文化振興会上海事務所にいた堀田善衛と中日文化協会の武田泰淳と会っていたのが草野心平である。年譜によれば横光は三度、中国本土に渡っている。

長編小説『上海』は、当時「租界回収・打倒帝国主義」の五・三〇事件により、広東の草野心平と同様に多くの日本人が帰国を余儀なくされた都市を舞台とする。ここには、『〈異郷〉としての大連・上海・台北』（和田博文・黄翠娥編）の都市の風景と生活とともに、草野心平と横光利一がかかわる言語都市としての上海があった。

しかし横光にとって、中国大陸の上海での見聞は、「東洋人」としての自覚を目ざめさせずにはいられなかったと想像される。高村光太郎の戦後の詩に「東洋的新次元」という詩があるが、その意味での「東洋人」である。小説『上海』は、当時勃興しつつあったアナーキズムからプロレタリア文学に拮抗する政治にもかかわりのある挑戦的な内容であったが、モダニズム的な「新感覚派」の長編小説であった。

満潮になると河は膨《ふく》れて逆流した。測候所のシグナルが平和な風速を示して塔の上へ昇っていった。海関の尖塔が夜霧の中で煙り始めた。突堤に積み上げられた樽の上で、苦力《クリー》たちが湿って来た。鈍重な波のまにまに、破れた黒い帆が傾いてぎしぎし動き出した。白《はく》皙《せき》明敏な中古代の勇士のような顔をしている参木《さんき》は、街を廻ってバンドまで帰って来た。波打際のベンチにはロシア人の疲れた春婦たちが並んでいた。彼女らの黙々とした瞳の前で、潮に逆《さか》らった舢舨《サンパン》の青いランプがはてしなく廻っている。

（横光利一『上海』）

ここにみられる生来の作家としての自覚と進取の気質が、横光利一を作家たらしめる。小説スタイルと文体及び表現の冒険がある。新しい取り組みとしての『上海』は、横光利一にとっての意味ある長編小説であった。これ以後、「新感覚派」というモダニズム的な手法では、横光の長編小説は不可能になることが予言されてもいる。後年横光は「もし文藝復興というべきことがあるものなら、純文学にして通俗小説、このこと以外に、文藝復興は絶対に有り得ない、と今も私は思っている」（「純粋小説」）と、「純粋小説」という概念を打ち出すことになる。

　小説『上海』には、芸術派からの評価だけでなく、当時の左派からは民衆の描き方が、階級的ではないという批判がある。例えば小田切秀雄の戦後三十一年に書かれた解説などでは、「労働者のストライキを物体のメカニックな運動としてしか描きえないという面があり、五・三〇の描写にも中国民衆はともすればモッブふうの描き方がされていた」と作品分析した。しかし、他方で「『上海』は昭和文学史上の最も問題的な作品の一つである」と、十分な評価をしている。

　戦前から戦後にかけての横光利一論は、マルクス主義の影響下にある批判が主なものであった。当時横光利一を評価したのは、文芸評論家の小林秀雄が書いた「文芸時評」のなかの「横光利一」（『文藝評論』一九三〇年十二月）や友人で、文学的同僚でもあった川端康成のみであった。戦後、そうした考え方にたいして、見直しにかかわったのが早稲田大学の保昌正夫や栗坪良樹の研究である。現在は、そうした積み重ねもあって、「横光利一」の存在とは何であったかを問う、イデオロギーを超えた実証的な研究が多い。そのほか、菅野昭正の『横光利一』や関川夏央の『東と西　横光利一の旅愁』などが横光利一の存在を身近に触れることができる。

3　横光利一の詩と散文

一九三〇年代にはいる頃になると、横光の作品はプルーストやジョイスの影響による「機械」や「時間」となって、伊藤整が書くところに随えば「新心理主義」的な意識の流れによる小説を書くようになる。ジョイスの『ユリシーズ』（伊藤整・永松定・辻野久憲訳）やプルーストの『失われた時をもとめて』（淀野隆三訳）の作品は、当時、『詩と詩論』から分離した北川冬彦による『詩・現実』と、堀辰雄や横光利一、そして川端康成等の芸術派による『文学』等で読むことが出来た。ヨーロッパの第一次大戦後の文学が、同時的に、あるいはわずかな遅れで翻訳されると掲載されていた。

　当時の小説を現在的に読むならば、小説家が詩人であったという事実から詩を学ぶことであると言いかえることができるだろう。横光利一も川端康成も、堀辰雄も詩人であった。ここには、横光利一が関係した『文藝春秋』から『文藝時代』を経た、堀辰雄中心の『文学』や『作品』や『文學界』

での小説を中心とする「新感覚派」や「芸術派」の活動がある。若き弟子で、後に芥川賞作家となった森敦に新聞小説「酩酊船」を連載するように取りはかり、結婚式では仲人を勤めたのは、横光利一である。後年、森敦は『月山』で芥川賞を受賞、その後、『鳥海山』や『われ逝くもののごとく』を書いた異色な作家となった。晩年の「現代思想」を論ずる『意味の変容』は、モダニズムに影響を受けつつ執筆した横光利一の弟子筋であることをあらためてうなずかせるものであろう。

　文学史的に言えば、『詩と詩論』から北川冬彦の『詩・現実』や『時間』へのモダニズム詩と社会詩の模索があった。また、『マヴォ』（未来派）からの影響も論ぜられている。横光の詩への関心と活動がみえるのだ。『詩と詩論』が、モダニズムや自動記述の手法によって、現在なお「現代詩」に影響を与え続けているように、横光利一の「新感覚派」の詩的散文の作風も、散文とは何か、新散文詩とはどのようなものかと、「現代作家」に影響を与えている。

　そんなにも頻繁な生と死との間の往復の中で私は曾て感じたこともない物柔かな時間を感じながら、なおひとしきりそのもう一つ先きまで進んでいって意識の消える瞬間の時間をこっそり見たいものだと思ったりしていると、また思はずはッと眼を醒して自分の周囲を見廻した。

（横光利一『時間』）

横光の詩的散文には、現在の現代詩の作品にも認められる自動記述の痕跡を近似的にみることができる。

4　横光利一と北川冬彦、宮沢賢治

一九二八年（昭和三）、横光は世田谷の下北沢の新居に移る。この新居は、白樺派として出発した後政治家になった犬養健によって「雨過山房」と命名された。この「雨過山房」は、戦時中の空襲にも遭わなかったので、応接間には永井荷風の「偏奇館」のように、白磁や青磁の多くの骨董が置かれていた。

横光利一が写っている顔写真の後ろに仏像がみえる。横光の遺愛する絵皿には「万暦赤絵」があり、絵画は富岡鉄斎の「唐人飴売図」である。『文芸読本　横光利一』の「横光利一アルバム」の最初に収められている写真が、肖像写真と愛用の朝鮮白磁の壷である。『旅愁』の後半の最後の方には、文房四宝についての教養も書かれ、横光の硯についての見識がうかがえた。横光の書いた水墨画や扇面が、不思議と記憶に残っている人もいるだろう。ここには、「壺中居」で骨董に見入る小林秀雄と青山二郎やロダンの「手」をみる川端康成の影響が推察される。

すでに長編小説『旅愁』も、パリを中心とした前半が終了して、「東」の「日本主義者」による「古神道」や「紙幣」と、「西」の「崇拝者」や「カソリック」や「ギリシアの幾何学」を象徴する散文によって、両者の文化的な差異を描く準備が進められていた。

この年八月には、神奈川県湯本町での日本精神道場に赴いて、「みそぎ」の会に参加している。太平洋戦争の始まった昭和十六年十二月八日の横光の「日記」は、よく知られた文章である。

十二月八日

戦はついに始まった。そして大勝した。先祖を神だと信じた民族が勝ったのだ。自分は不思議以上のものを感じた。出るものが出たのだ。それはもっとも自然なことだ。自分がパリにゐるとき、毎夜念じて伊勢の大廟を拝したことが、ついに顕れてしまったのである。夜になって約束の大宮へ銃後文藝講演に出かけて行く。帰途、自分はこの日の記念のため、欲しかった宋の梅瓶を買った。

（横光利一「昭和十六年」『日記から』）

『一〇一人の古美術』（『別冊太陽』）には、文学者の所持する骨董が紹介されている。

芥川龍之介や吉川英治、川端康成や小林秀雄、そして横光利一。横光利一の品はこの「梅瓶《めいぴん》」である。この「白釉黒《はくゆうこつ》花《か》梅瓶《めいぴん》」（宋時代・磁州窯）は、昭和十六年十二月八日、当時一万円で、青山二郎が横光利一に買わせたものである。本著では「梅瓶にて東洋を考える」と、解説のキャプションがついている。現在でも、この「梅瓶」は、横光家の方が所蔵しているという。小林秀雄を古陶磁で先導し、白洲正子を弟子とした目利きの青山二郎によれば、「先づ支那に入門するべし」（「朝鮮考」）である。「宋」の陶器については、横河民輔からの仕事で、「甌香譜」にもかかわっていた。「宋窯の良い物は一目瞭然なのである。この一目瞭然たるところが世界的なのだ。粗末な写真版を見ただけで、本物の陶器など所有した経験もないのに、世界第一級の美が見える。それが宋の陶器である」（「世界陶器全集・宋遼篇」）と青山が評価するものだ。横光利一にとって、「梅瓶」への愛着は、戦後に書かれた『旅愁』の最終章の名前であることからもうかがえる。

このように、宮沢賢治出版記念に写る写真、幼い頃寺に預けられて、本堂の掃除をしたり、拝んだりした仏像を背後にした写真、あるいは下北沢の応接間に置かれた骨董のいくつもの写真は、当時の横光の嗜好や生活空間を反芻できるものである。

さて、横光利一の文体と詩《ポエジー》からモダニズムに至る問題がある。

繰り返すが横光利一は、その頃春山行夫の『詩と詩論』や堀辰雄の『文學』に参加していた。小林秀雄の『地獄の季節』（一九三〇）は佐野繁次郎の装丁で、「アルチユル・ランボオ」の評論と十篇の「地獄の季節」、三十七編の「飾画」からなるが、その出版パーティに列席した横光利一の写真がある。傍らには河上徹太郎や青山二郎の姿もみえている。一方で、母親の生地であった伊賀上野の東柘植に思いをはせることも多かった横光は、詩だけでなく、伝統的な俳句や短歌もこなしていた。洋行の前年の一九三五年（昭和十）には、『馬酔木』に「芭蕉と灰野」を書き、石塚雄二やその友人である石田波郷などを集めて「十日会」という句会を発足させている。

また、当時の横光利一が評価したのが、詩誌『詩と詩論』や『詩・現実』から晩年の『時間』の北川冬彦である。横光は、父の仕事の関係で再三生活の場である家を移転をしていたが、母方の縁である三重県の伊賀上野は、芭蕉と縁の非常に深い土地であった。さらに、横光の姉の嫁ぎ先が、琵琶湖のほとりの膳所であったこともある。北川冬彦が生まれたのは、滋賀県の大津市である。北川冬彦は一九二四年、中国大連にて、安西冬衛とともに、詩誌『亞』を創刊した短詩運動を推進する人物である。北川は父親の仕事の関係で、中国の満州で育っていた。彼が大連で出会ったのが、安西冬衛だった。

横光利一には、相当数の俳句作品が残されている。『欧洲紀行』の手紙（日記）にも、その日その日の俳句が記されている。俳句と横光の関係は、深い。それに比較すると、発表された詩はまことに少ないのだが、散文を書き続けた作家にとって、表現としてのモダニズム詩は、大きな影響を文体のなかに残している。明治から大正・昭和の初年にかけて横光にとっては、詩人とのつきあいだけでなく、詩にかんする関心も読書も多かった。

現在、横光の十編の詩が残されている。

此のしののめの渚にて林檎を磨く
海底の魚介七色の祭典峻烈にして
おもむろに靡く海の草。海の花。

（横光利一「海」）

横光利一は、北川冬彦の上梓した第一詩集『三半規管喪失』（一九二五）と第二詩集『検温器と花』（一九二六）を評価していた。第三詩集『戦争』（一九二九）でさらに評価の高い北川の詩業は、『北川冬彦全詩集』（一九八八）となって、鶴岡善久の編集によってまとめられている。

北川は、『詩と詩論』にアンドレ・ブルトンの「超現実主義論」を翻訳した。戦後にはダンテの

『詩・現実』は、『神曲　地獄編』の口語訳もある。『詩と詩論』の観念主義からあえて別れて創刊した『詩・現実』は、モダニズムとプロレタリア詩の融合をめざす活動であった。ここには、ヨーロッパの一九二〇年代の文化が、詩や小説や戯曲やシネマなど、いち早く取りいれられていた。映画評論家として書く映画批評やシネ・ポエムの運動など、当時の作家が映画とかかわる関係もあって、海外からの文化の輸入という点で、みすごすことのできない活動がある。ちなみに横光には、大映の社長も勤める実業家で、『父帰る』や『恩讐の彼方に』などで大衆文学性をみせる、菊池寛という作家が身近にいた。その菊地寛との関係もあったのだろうか。小説『日輪』は映画化されている。

横光利一は、北川冬彦の第三詩集『戦争』に「序」を寄せている。

彼は凡庸な詩人のように、感覚を愛した。象徴を愛した。歌を愛した。しかし、それは彼の教養のしからしめたところである。もし彼が非凡な神の鞭を感じ得るものであるならば、――そうして、彼は感じた。確に、彼は彼の教養によって知り得られた詩を否定した。そこから彼の詩は始まり出した。生活の呼吸が、詩形の振幅を拡張した。構成が始まった。生活の模倣から、生活をして、芸術を模倣せしめた。即ち芸術に位置を与えた彼は、新しくリズムの反逆と苦闘しなければならなかった。難解な峡谷に身悶えた帆船――

（横光利一「冬彦抄」）

横光は、先妻キミが亡くなると、菊池寛の紹介によって、山形県鶴岡市出身の日向千代と結婚した。宮沢賢治が第一詩集『春と修羅』や『注文の多い料理店』を出版し、その死後に編纂された『宮沢賢治追悼』（草野心平編）を草野心平から贈られたのが、この千代という女性であった。横光利一は、そうした影響から宮沢賢治の詩集に関心をもったのだが、その二年前にも、佐藤一英編集の「児童文学」に掲載されていた宮沢賢治の作品を高く評価していた。当時は、世田谷の下北沢に新居を建てる前であり、杉並の阿佐ヶ谷の家で、新婚の生活を始めた頃である。

「宮沢賢治といふ詩人の全集が出る」と書き始める横光利一が、高村光太郎や谷川徹三、そして中島健蔵と『宮沢賢治全集』の記念の写真に写る。宮沢賢治の生前、横光と賢治に面識はなかった。

　私はたしかにこの詩人が、以後の日本文学の中に於て、必ず現れなければならぬ大人物だと思ったそれだけである。（略）幸ひにいまは、私の尊敬してゐる現代最高の詩人の一人である高村光太郎や草野心平氏が、すでに世紀を抜いた詩人としてその光鋩を認められた後であるが、（略）外部の格律を破って奔騰する内面張力や、その朗々たる明朗な律動や、透明清澄な品位の中に傍若無人に横臥し粘着する感覚などは第二として、稀に見る科学と宗教との融合點火に加へて、最も困難な垂直性を持つ生命感の全篇に漲ってゐる特長は、萬葉に似て更に一段の深さをたたへてゐると思ふ。

（横光利一「宮澤賢治」）

そして、横光は、「しかしただここに私に一番遺憾に思はれることは、今少しこの詩人に長生きをしてもらひ、ボードレールのように人間心理といふ精神科学の大渓谷の中にも踏み迷ふ冒険をしてもらひたかったことである」と心のこもった文章を続けた。

近代日本の首都・東京とその周辺。そこで、江戸が東京になった明治二年の遷都以来の東京の「今昔」が、『明治大正史』のいわば「世相篇」（柳田國男）として、あるいは『座談会明治・大正文学史』（柳田泉・勝本清一郎・猪野謙二編）として繰り広げられた。外国人のみた「東京」がある。『東京下町山の手 1867-1923』（エドワード・サイデンステッカー、安西徹雄訳）と『LIVING IN TOKYO 東京に暮らす 1928-1936』（キャサリン・サムソン、大久保美春訳）である。他方で、『江戸から東京へ』（矢田挿雲、「報知新聞」一九二〇―一九二三年連載）がある。多様なテクストに埋め込まれた記憶の潜勢力の底から、その歴史は現在に蘇ってくる。

余談のようだが前述のように阿佐ヶ谷から下北沢へと、横光利一の生活圏は変遷した。永井龍男の「残照」によれば、横光利一は夕刻ちかくに下北沢を出ると、文藝春秋社のあった内幸町の大阪ビル地階にあるレインボーグリルの休憩室に寄り、そこに来ていた人々と談笑した後、夕方になるのを見計らって、「はせ川」へと場所を変えるのが書斎からのお決まりのコースであったという。「はせ川」では、横光が川端康成と杯を交わしている漫画家の清水崑のスケッチを今でもみることができる。

横光利一も川端康成も、その初恋においては偉大なる敗北者であった。横光は、初恋による事件によって、人間不信の陥路に陥っている。川端は、終生、「伊豆の踊子」以前の初恋の女性との関係がもたらす現実のもつれがあり、生活上にも作家活動の安定を阻んでいた。そんな二人が酒盃を交わしている。

5　横光利一の悲劇とその解読

思えば横光が宮沢賢治を評した文章に「現代最高の詩人」と記した高村光太郎と草野心平には、『わが光太郎』にみるように不思議な縁があった。先日、鎌倉の古書店で高村光太郎の戦前の詩集『記録』の初版本を手にすることができた。太平洋戦争期、高村光太郎は検閲を通過する「詩」による詩集『記録』を出版する。

横光利一はヨーロッパ滞在後、『旅愁』によって、東と西の文化的問題をテーマとした大長編小説を書く。当時の横光は文学銃後運動に忙しく、翼賛体制化の文学部会の幹事長であった。二度も、南洋諸島の戦地に、従軍記者として派遣されていた。こうして二・二六事件以後、時代と作家との関係は、戦争中の疎開、戦後の戦争協力者としての指弾と展開し、そこに晩年の心身の衰弱が差し迫ることになる。そこには、当時の作家や詩人たちがともに立ち会わされた国威発揚と日本回帰が収斂する、日本の農耕民族独自の風土による共同（幻想）性の問題がある。『対話　日本の原像』（梅原猛・吉本隆明）を読んだ方がいるかもしれない。しかし当時の作家や詩人は、こぞって国家の活動やナショナリズムの急進性にたいして、無防備にかかわっていった。

当時の草野心平の年譜をみてみると、横光利一という名前が三度出てくる。心平の「宮沢賢治追悼」によって、横光はその全集編纂に大きくかかわることになった。その後、改造社の勧めで小説を書くことになった心平は、横光からお金を借りて原稿執筆のためにホテルにこもっている。そして、「宮沢賢治全集」の発刊後、心平の南京行きの歓送迎会を主催したのが横光利一だった。

このあたりの時空間で、光太郎と心平と横光は、帝都となった東京のトポスで重なるように生きていた。最後に横光の名前が出てくるのが、草野心平の次の日記だ。「一九四七年（昭和二十二）

十二月三〇日、横光利一、下北沢の自宅で死去、享年五十歳。葬儀に参列できず、一月一日菩提寺で読経して貰い、冥福を祈る」。脳溢血で逝去した横光を終生の友とした菊池寛は、横光の葬儀で挨拶したのを最後に、その年の三月に狭心症で逝去している。

横光利一が、ベルリンオリンピックの報道を兼ねて、ヨーロッパに赴いたのは、一九三六年（昭和十一）の二月のことだった。

行きは南回りの船に乗り、エジプト、マルセイユ経由で、主にパリに滞在してからは、ヨーロッパの各地、スイス、ウィーン、フィレンツェ、ヴェネツィア、ブダペストなどを巡り、ベルリンで開催されたオリンピックを取材した後、シベリア鉄道で満州に入った。横光は約半年のヨーロッパ滞在を体験した後、八月に帰国する。

> ヨーロッパは東洋を知らずに動き、東洋またヨーロッパを知らずに廻っている。この互いに知らない差が為替となり、戦争となる。よく知るとは心理に入るという事だ。文学はここから起り、これが世界の平和を保証していく唯一の武器となるのだ。
>
> （横光利一『欧州紀行』より六月五日）

船中では俳人高浜虚子と一緒に句会に参加し、香港では晩年の魯迅に会っている。パリでは、留学中の若き日の岡本太郎の紹介で、トリスタン・ツァラと会い、モスクワへむかう途中の鉄道と現地のホテルでも、アンドレ・ジイドに会うことができた。それまでの横光文学の下地をなす中国の近代文学やダダイズム、そして『贋金つかい』の人称性という方法の冒険を確認することが、偶然にもできた旅であった。

横光は翌年の一九三七年（昭和十二）四月から八月にかけて、「東京日日」と「大阪毎日」に、『旅愁』の前半を掲載し始める。一九三九年（昭和十四）五月から一九四〇年四月には『文藝春秋』に、一九四一年十二月八日の太平洋戦争の勃発を挟んで、一九四二年（昭和十七年）一月から一九四三年（昭和十八）八月には、後半を再び『文藝春秋』に、一九四三年（昭和十八）九月から一九四四年（昭和十九）二月には、『文學界』へ、それから終戦の後の一九四六年（昭和二十一）四月に、最終章の「梅瓶」を『人間』に書いていた。

『言語都市・パリ　1862-1945』（和田博文）によれば、横光利一以前の一九二〇年代前後のパリへの訪問者は、それぞれに文化摩擦や生活習慣の違いに苦労したとはいえ、彼の地の文化をいかに受容するかという日本的な留学生生活の文脈にあった。しかし、横光のヨーロッパ体験から帰国後の、特に太平洋戦争後に書き進められた『旅愁』の後半は、文化の現象学的解釈や文化の共時性を相対化する存在とは懸け離れた、自由主義者からナショナリスティックな立場（国粋主義的傾向）に変貌する姿であった。現代でも、文化融合（シンクレティズム）と原理主義が問題とされるが、横光にとっては、文化の相互理解へむけた問題提起、文化の融合ではなく、分断から対立した文化の現象そのままになっている点が指摘できる。

横光利一の長編小説『旅愁』は、未完で終った。その『旅愁』を論じることこそ、横光利一論の試金石である。島崎藤村が、『夜明け前』を一九三五年に完成させ、志賀直哉は『暗夜行路』をなんとか完成させることができた（一九三七）。しかし、敗戦をむかえた横光利一は、そうした一縷の望みをはたすことができなかった。

未完ということは、「作者と主人公」（ミハイル・バフチン）のふたつの意識と出会いがかたちづくる小説の構造が未完成ということである。個別の「星」は、登場人物や、「西」と「東」の宗教、文化を「ステラ」としては描いているものの、それらをひとつの小説としての構造体へとつないで統合する、「コンステレーション」という美的なものが欠如した状態のまま限界突破はなされていない状態である。しかし戦後、改造社より、いち早く出版された『旅愁　戦後版』は、なぜか十万部も売れた。横光は一九四六年の一月から七月にかけて、戦前の『旅愁』の原稿に手をいれると、戦後版を順次刊行した。その際には、ＧＨＱその他の検閲の関係で、書き換えと百箇所以上のカットがなされたが、それが現在手にすることができる戦後版の『旅愁』である。長らく、横光の戦前版の『旅愁』が手に入らなかった。その後岩波文庫に、待望の戦前版が入ることになったのはようやく二〇一六年のことである。

戦後になると、戦前の戦争協力者として、文学者の名前が取りざたされた。詩人の高村光太郎や歌人の齋藤茂吉、出版人・作家の菊池寛の名前が一九四六年六月の『新日本文学』誌上にて、戦時期の戦争協力者に名指された。

横光利一や菊池寛が亡くなったのは、それから間もなくのことである。

> 燃えるようなカンナの花茎に黒くまつわりのぼる蟻が見られた。真夏が烈しい暑さで迫って来ても、戦いはやはりつづいた。それは締めくくろうとする緊張した力の間から、めり出す風にのび拡がり、やがて動員令が出た。新しく編成された軍隊の動きが活潑になっていくにつれて、炎天に振られる旗の数が街から街へ急激に増して来た。わけても赤十字の動きが鮮やかに眼につくようになってからは、山野から出発していく馬の嘶きが次第に高くなって来た。

（横光利一「第二部　第五篇」『旅愁』）

横光利一はモダニストで自由主義者ではあったが、ナショナリズムがさかんになると、「東」と「西」でいえば、より「東」に比重を置く作家となった。戦前版の『旅愁』は、そのように書いていたことの証明である。しかし戦後になると、検閲によって、そうした表現は中和させられる。『旅愁』はいわば、開いたまま、つながらずに存在する、閉じることのない文化テクストとして存在した。横光のテクストは「東」と「西」の限界体験のなかで、文化の共時性に否の開放系として開いたままなのだ。これを閉じるようにつなげ、統合された平面が可能となれば、新たな「開放系」にいたる共時的な文化の地平が出現するだろう。そこには、現在から横光利一の『旅愁』と対話する歴史的視点がみえてくる。と同時に、西洋の世紀末文化が、一九二〇年代の文化変容と同時に「日本」の「近代」としてみえてくる歴史がある。

　ここには、「横光以後を問うこと」のテーマがあり、現在も続く「横光利一研究」の「モダニズムのボーダー」という限界の試練に臨む問題系がある。現在、田村隆一から始まり、鮎川信夫、石原吉郎、吉野弘、谷川俊太郎、大岡信などの戦後詩人の詩の読み直しがおこなわれている。高村光太郎は、『道程』と『智恵子抄』のふたつの詩集によって、文学の面では救われていた。こうしてみてくると、明らかに高村光太郎と横光利一の文学の見直しも、始まっているのである。

　横光利一の『旅愁』の「戦前版」は、戦後に出版された『夜の靴』と同様に、入手がなかなか難しかった。かつての姿を知るには、戦後版との対照表で確認するしか方途がなかった。「横光利一はヨーロッパとかギリシャという原理に対比されるべき原理としては〈日本〉という概念が存在しえないことを識らなかった」と、ヨーロッパ体験者の吉田健一や現地の同伴者である岡本太郎の論を検証しながら、横光利一の「悲劇の解読」としての対話を極めたのが吉本隆明である。「横光の回帰に思想悲劇の先駆性があるとしたら、西欧近代的な知識の有りうべき遭遇の形をできるかぎり省略せずに立ちまどいながら、アジア的な村落原理の安らかなふところに退転しようとする過程、その軌跡を明晰に描いてみせた点にあった」と、吉本は書いている。

　しかし『旅愁』には星々のきらめきはあるものの、芸術としての「星座」の構成とそれをつなげる動線を獲得できていない。そのため横光は、さらに続編を念願していたようだ。しかしともあれ、作品は「作者と主人公」の美的なつながりが解体されたままの開放系にあり、戦後の平和の時代へと移りゆく時間のなかでは、未完のテクストとして終わり、読者の手に残されている。

　川端康成は利一への「弔辞」で、「君を敬慕し哀惜する人々は、君のなきがらを前にして、僕に長生きせよと言ふ」と語りかけた。

> 君の骨もまた国破れて砕けたものである。このたびの戦争が、殊に敗亡が、いかに君の心身を痛め傷つけたか。僕等は無言のうちに新な同情を通はせ合ひ、再び行路を見まもり合ってゐたが、君は東方の象徴の星のように卒《にはか》に光焔を発して落ちた。君は日本人として剛直であり、素樸であり、誠実であったからだ。
>
> （川端康成「横光利一弔辞」）

日本が敗戦となった翌年の一九四六年四月、雑誌『人間』に『旅愁』の最終章として「梅瓶」が掲載された。横光が逝去したのは、その翌年の十二月のことである。私のもっている『文學界』（一九四八年四月号）には「横光利一追悼号」とあり、座談会「横光利一の思い出」が菊池寛、川端康成、河上徹太郎、今日出海、舟橋聖一の出席によって開催されている。

VI　堀辰雄の文学空間

一九〇四年に生まれ一九五三年に没した堀辰雄の生涯にとって、一九二〇年代とは、何であったろうか。堀辰雄十六歳から二十五歳の時期である。この時期、のちに堀辰雄の文学が発芽する、いくつもの出会いと出来事があった。

1　一九二〇年代の堀辰雄

一九二一（大正十）年、辰雄は十七歳になると、府立第三中学校（現在の両国高等学校）から第一高等学校の理科乙類に入学すると寄宿舎にはいった。同僚には、終生の友となる神西清がおり、同期には小林秀雄や深田久弥がいた。算数や幾何が得意であった辰雄は、母親の希望で、当初は医学部の志望だった。理科乙類はドイツ語が第一外国語である。後に「独仏語の両生類」として西洋文学を取り込む辰雄は、フランス語をたしなむが、ドイツ語は別段得意ではなかったらしく、英書からドイツ文学を読んでいた。

一九二九（昭和四）年、東京帝国大学の文学部国文科を卒業する。辰雄は、二十五歳になっていた。この間、辰雄と母志気《しげ》は事情により「向島」の叔母の家に移るが、その後、まもなく養父となる彫金師・上條松吉との生活が始まる。

そして一九二三年の関東大震災の際、母を隅田川で喪う事件に見舞われた。

地震！　それは愛の秩序まで引っくり返すものと見える。

私は寄宿舎から、帽子もかぶらずに、草履のまんま、私の家へ駆けつけた。私の家はもう焼けていた。私は私の両親の行方を知りようがなかった。（略）早朝、私の父の到着の知らせが私たちを目覚ませた。私の母は私の父からはぐれていた。そうしていまだにその行方が分らなかった。私の家の近くの土手へ避難した者は、一人残らず川へ飛び込んだから、ことによるとその川に溺れているのかも知れない。

（堀辰雄『麦藁帽子』）

そのときから、胸をわずらい始めた辰雄は、病弱な身となった。後の肋膜炎や喀血の原因とされている。そしてこの時期、文学的な事件が起こっている。震災の直前に、萩原朔太郎の都会的な抒情詩集『青猫』を耽読した。師となる室生犀星と芥川龍之介との出会いが続いた。『我が愛する詩人の伝記』（室生犀星）によれば、府立第三中学校の校長であった広瀬雄の家が、田端の室生犀星の隣であった。そうした縁によって、犀星から芥川龍之介を紹介された。辰雄が訪れた軽井沢には、犀星と龍之介だけでなく、片山広子（アイルランド研究家の松村みね子）とその娘・宗瑛がいた。

初期の堀辰雄文学には、そうした人と人との出会いが、作品の背後に包み込まれている。本来は、芥川と片山広子の関係であり、辰雄と宗瑛の関係であるが、辰雄にとっての片山広子の存在も、とても大きかった。

> 彼女の顔はクラシックの美しさを持っていた。その薔薇の皮膚はすこし重たそうであった。そうして笑う時はそこにただ笑いが漂うようであった。彼はいつもこっそりと彼女を「ルウベンスの偽画」と呼んでいた。
>
> （堀辰雄『ルウベンスの偽画』）

その後『青銅時代』から別れた小林秀雄や永井龍男の『山繭』に、辰雄は作品を発表するようになる。別の章で触れたとおり「山繭」は、石丸重治が主宰する雑誌で、表紙を富本憲吉が飾り、早熟だった富永太郎が元気に活躍した雑誌だった。田端の室生犀星宅を訪れると、前橋から出てきた朔太郎にも会うことになる。そこで知りあった中野重治や窪川鶴次郎とは、後の佐多稲子も参加する『驢馬』を創刊する。『驢馬』は、室生犀星や芥川龍之介の支援によって創刊されていた。

こうした雑誌を舞台に、将来を嘱望された若き辰雄は、芥川龍之介の自殺の衝撃を受けることになる。

死があたかも一つの季節を開いたかのようだった。

死人の家の道には、自動車の混雑が次第に増加して行った。そしてそれは、その道幅が狭いために、各々の車は動いている間よりも、停止している間の方が長いくらいにまでになっていた。

（堀辰雄『聖家族』）

芥川の死後、甥の葛巻義敏と『芥川龍之介全集』の編集に携わるが、『山繭』も『驢馬』も、昭和に入るとまもなく廃刊となった。

一九二〇年代の後半、辰雄は川端康成や横光利一などの『文學』の創刊（一九二九）にかかわった。その後、『文學』の後継誌『作品』へも発表する。『文學』の創刊号には、淀野隆三訳によるプルーストの「スワン家の方へ――失いし時を求めて」や小林秀雄訳によるランボーの「地獄の一季節」が連載されている。そこには、ヨーロッパの「世紀末」の文化が円環して、日本の「大正・昭和」の文化環境に接続しているだけでなく、「一九二〇年代」の文化の同時性をみることができる。辰雄はそこに「ジャン・コクトオ氏の講演」の翻訳や「風景」の小説などを発表した。『文學』は『詩と詩論』（後に『文學』へ改題）とともに、昭和初期の芸術派の運動にとって、きわめて大きな役割をもっていた雑誌である。

堀辰雄の真髄は、端正で美しい抒情的な散文を書いたことである。しかし、そこには、初期の詩創作にみるポエジーを芸術の中心に考えている点が重要である。金沢の犀星や群馬の朔太郎との交友や影響だけではなかった。辰雄は、いろんな意味を含めて、「自分の先生の仕事を模倣しないで、その仕事の終ったところから出発するもののみが、真の弟子であるだろう。芥川龍之介は僕の最もいい先生だった」と論じた「芥川龍之介論――芸術家としての彼を論ず」を卒業論文とした。芥川に学び、いかに芥川の活動を超えるかというテーマを胸に潜ませながら、詩と小説における文学の師としたのである。芥川龍之介の影響は決定的だった。

『堀辰雄全集　第四巻』には、堀辰雄の初期作品である、三つの短詩による「詩集」がある。そのほか「少年詩篇」の六篇、「繪はがき」の五篇、「習作」の十三篇、「即興小品」の短詩が六篇あり、ほかの七篇を含めた計三十六編の詩がある。

天使達が
僕の朝飯のために
自転車で運んで来る
パンとスウプと
花を

すると僕は
その花を毟《むし》って
スウプにふりかけ

パンに付け
さうしてささやかな食事をする

*

この村はどこへ行っても　いい匂がする
僕の胸に
新鮮な薔薇が挿してあるように
そのせゐか　この村には
どこへ行っても犬が居る

*

西洋人は向日葵より背が高い

（堀辰雄「天使達が」）

「西洋人は向日葵より背が高い」と書かれた辰雄の直筆がある。それを複製した色紙を文学館で買い求めて、部屋の本の上に飾っていたことがあった。この詩は立原道造が作成した『堀辰雄詩集』にも入っている。詩集は、道造が試みに作った辰雄の三篇の詩を編んだ『堀辰雄詩集』のことである。立原道造との出逢いと別れは、一九三〇年代の詩のひとつの事件であった。辰雄の手紙を読むと、辰雄との出会いは立原道造に強い影響を与えていたことがわかる。ここには、『芥川・堀・立原の文学と生　ひとつの系譜』（中村真一郎）が成立する関係と磁場がある。

道造が夭逝すると、辰雄は道造が編纂したそのままの『堀辰雄詩集』を出版し、墓前に捧げた。ハルキ文庫に『立原道造詩集』が収められている。絶版になっていた角川文庫の『立原道造詩集』巻末の中村真一郎の解説を参考にしながら、解説を書いた。蜂飼耳さんがエッセイを書いている。

風は僕の皮膚にしみこむ
この皮膚の下には
骨のヴァイオリンがあるといふのに

風が不意にそれを
鳴らしはせぬか

*

硝子の破れてゐる窓
僕の蝕歯よ
よるになるとお前のなかに
洋燈《ランプ》がともり
ぢつと聞いてゐると
皿やナイフの音がしてくる

（堀辰雄「僕は」）

一九二〇年代の終り頃は、和暦でいえば昭和四年から五年にあたる。
数学や幾何が得意だった辰雄は、帝国大学新聞等に「小説の危機——さういふものを僕は痛切に感じてゐる」と批評する「詩人も計算する」のエッセイを書いた。

そこには、当時の小説と詩の危機について、反超現実主義や反リアリズム、反社会主義リアリズムを想定して書いている辰雄がいる。例えば「いま僕らの努力しているのは、詩を文学から引離すことである」や「僕らが超現実主義を方向してゐるかのように、いまだに考えてゐる人々のあることは甚だ遺憾だ」、そして「僕らの古典主義はまた別の問題である」の文言のように、若き辰雄の芸術観がうかがえる。

はなやかな時代の表層ではあったが、当時の世相に暗い影を落し始めたイデオロギーや政治と文学に対する文学観や芸術観がのぞいているようだ。

> 軽井沢を愛好していた詩人達に津村信夫、立原道造、野村英夫等がいて、堀の数すくない友達になっている。少し遅れて福永武彦、中村真一郎が彼の家の茶の間に座っていた。中村真一郎はむんずりと黙り込み、福永武彦は早口の大声で話し、堀はにやにやと何時もきげんが好かった。
>
> （室生犀星「堀辰雄」『我が愛する詩人の伝記』）

堀辰雄には、多くの弟子がいた。現在、定本『堀辰雄全集』（筑摩書房）は、別巻の二冊を含めて全九巻である。編集は弟子の中村真一郎と福永武彦だ。その他、編集校訂に郡司勝義があたり、装幀は、清岡卓行の好む画家の岡鹿之助によるものである。

堀辰雄にかかわった作家で、異色なのは遠藤周作である。このカトリック教徒の作家は、フランスのリヨンに「フランシス・モーリヤックの研究」などで留学する前であるが、辰雄の主宰する『四季』に評論を書いている。遠藤周作は、小説や軽妙洒脱なエッセイを書く前は、中村真一郎と同じように、本格的な評論を書いていた。神戸育ちの遠藤周作にとって、横浜や長崎とともに、軽井沢にトポスを置く堀辰雄の文学にシンパシーを感じていたのだろうか。両親との関係に大連での暗い少年期を過ごした遠藤周作の平易なリアリズムの文体や抒情的な散文や、隠された内面による時代の雰囲気をみせる文章には、堀辰雄の文学の影響を、推し量ることが可能である。

その夏、軽井沢では、急に切迫しだしたように見える欧羅巴《ヨーロッパ》の危機のために、こんな山中に避暑に来ている外人たちの上にも何か只ならぬ気配が感ぜられ出していた。日曜日の弥撒《ミサ》に、ドイツ人もフランス人も、イタリア人も、それからまたポオランド人、スペイン人などまで一しょくたに集ってくる、旧教の聖パウロ教会なんぞは、そんな勤行《ごんぎょう》をしている間、その前をちょっと素通りしただけでも、冬なんぞの閑寂さとは打って変って、何か呼吸《いき》づまりそうなまでに緊張した思いのされる程だった。

（堀辰雄「木の十字架」）

「木の十字架」は、遠藤周作が影響を受けた西洋そのものを体現する、軽井沢で過ごす詩人の立原道造の面影を直接に伝える作品である。

その後一九三〇年代になると、「三好達治・丸山薫・堀辰雄編輯詩誌」と明記された季刊『四季』（一九三三）が創刊される。このときの第一次『四季』はわずかに春・夏の二号で終刊するが、その後、第二次の『四季』（一九三四―一九四四）は月刊となって、終戦間近までに八十一冊も出されている。『四季』は戦後も続いている。私が古書店で求めた第四次復刊の創刊号『季刊四季』（一九六七年十二月十日発行）でその実在を確認することができた。

『四季』は、一九二〇年代の末に堀辰雄、川端康成、横光利一などによって発刊された芸術派の雑誌『文學』の明らかな後継雑誌であった。萩原朔太郎がたびたび巻頭に文章を書いている。こうして、辰雄がかかわった『文學』や『詩と詩論』、そして『四季』は、後に四季派といわれる広範な抒情詩の書き手である詩人や評論家たちの磁場となった。

さらに一九三〇年代には、病床にあった辰雄は、翻訳やエッセイの名文を書いた神西清のすすめでプルーストを原書で読んでいる。辰雄の関心は、『堀辰雄全集　第五巻』にみるように、コクトーからアポリネール、ラディゲを経て、マルセル・プルーストやライナー・マリア・リルケの文学との出会いによって、さらに深まり、転換する。当時プルーストの翻訳には、淀野隆三の翻訳があり、茅野蕭々『リルケ詩抄』から推し量ると、一九二七年（昭和二）の時点でのリルケの翻訳は、日本にまとまって紹介された初めのものであるという。また、特異な編集である『立原道造・堀辰雄翻訳集——林檎みのる頃・窓——』では、シュトルムやリルケを訳した立原道造とアポリネールとリルケを訳した堀辰雄の翻訳がまことにみずみずしい形で、読むことができる。

そうした芸術や文学の理解と創作の意欲が高まっていた折、辰雄は、軽井沢滞在中に、運命の女性に出会うことになる。黄色い麦藁帽子を被った矢野綾子である。

2　軽井沢、「美しい村・風立ちぬ」と堀辰雄

> まだ八月の半ばを過ぎたばかりなのに、もう秋風らしいものが周囲の木の葉をさわさわ揺すぶっているのを耳にひやりと聞きながら、或る朝、彼が二階のベッドの中でいつまで

もぐずぐずしていると、突然戸外でマグネシウムを焚いたような爆発音がした。それと同時に家全体がはげしく動揺した。

「浅間山よ……早く来てごらんなさいよ」階下のヴェランダで叔母が叫んでいるらしかった。

（堀辰雄『恢復期』）

私が軽井沢や追分を初めて訪問してから、その後、ずいぶんと時間が過ぎてしまった。次に訪れたときには、追分にあった辰雄の最後の家は記念館になっていた。本家には庭があって、庭のむこうに書庫がみえた。辰雄自身は書庫の完成を待たずに亡くなっている。書庫にどのような本をいれるか、妻の多恵子にこまめに指示し、遺愛の品である双眼鏡で、書庫の内部をみつめていたという。床の間には、釈超空（折口信夫）の短冊の「ひともうまも道ゆきつかれしににけり　たびねかさなるほどのかそけさ」（処女歌集『海やまのあひだ』所収、一九二五年刊）が掛けられている。軽井沢の辰雄の家には、川端康成の書が掛けられていたことが思い出されてくる。辰雄と川端康成と折口信夫には、軽井沢という場所での交流があった。『風立ちぬ』の最後の章「死のかげの谷」は、川端の別荘で書かれていた。

辰雄の軽井沢や追分は、一九二〇年代までの幼少年代の東京下町を背景にもちながら、一九三〇年代になって、東京を離れた西洋近代の文学空間として形成されていた。

突然、私の窓の面している中庭の、とっくにもう花を失っている躑躅《つつじ》の茂みの向こうの、別館の窓ぎわに、一輪の向日葵《ひまわり》が咲きでもしたかのように、何んだか思いがけないようなものが、まぶしいほどに、日にきらきらとかがやき出したように思えた。私はやっと其処に、黄いろい麦藁帽子をかぶった、背《せい》の高い、痩せぎすな、一人の少女が立っているのだということを認めることが出来た。

（堀辰雄「夏」『美しい村』）

矢野綾子の描いた油絵を、写真でみることができる。普通の絵筆による背景の絵ではあるが、筆ナイフで、絵具を塗りつける技法が鮮やかな色彩感覚の絵だ。軽い文体で語るナラトロジーの文章を書く堀辰雄の文学を、軽いものとする批判がある。しかし、その秘められた厚みや深さを考えると、けっして堀辰雄の文学は、生易しいものではないこともわかってくる。一方で、現代のライト・ノベルに通ずるような現代的文学表現の可能性もあるかもしれない。

現代と『風立ちぬ』といえば、宮崎駿監督の長編アニメーション映画『風立ちぬ』（二〇一三）は、荒井由実のデヴュー曲「ひこうき雲」が流れ、タイトルバックに、「堀越二郎と堀辰雄に敬意を込めて」と映し出されていた。宮崎アニメーションの世界を期待した若い人には、堀辰雄と矢野綾子と堀越二郎のイメージが、戦時中の時代背景とともに、理解しがたかった面はないだろうか。

ヴァレリーの詩が引用された小説『風立ちぬ』に登場する女性は、「節子」である。アニメでは、辰雄が何年もかけて書き継いだ代表作の長編小説『菜穂子』から、少女の名前が採用されていた。劇的な関東大震災の映像から始まり、戦闘機の開発の時代と戦争の予感こそ読みとれるものの、堀辰雄文学の軽井沢が背景にあり、反戦の旗印はそれほどつよくはなかった。

矢野綾子と辰雄のふたりは、出会いから一年で婚約する。辰雄は、かつて過ごした富士見高原療養所にこの婚約者とともに入院するが、綾子の病状悪化により、それから半年にも満たない間に、彼女の死とむきあわなければならなかった。

療養所で休む婚約者の心の表現と辰雄の隠しようもない動作を暗示させる描写が、読む人の心に突き刺さる。

「どうして、私、この頃こんなに気が弱くなったのかしら？　こないだのうちは、どんなに病気のひどいときだって何んとも思わなかった癖に……」と、ごく低い声で、独り言でも言うように口ごもった。沈黙がそんな言葉を気づかわしげに引きのばしていた。そのうち彼女が急に顔を上げて、私をじっと見つめたかと思うと、それを再び伏せながら、いくらか上ずったような中音で言った。「私、なんだか急に生きたくなったのね……」
　それから彼女は聞えるか聞えない位の小声で言い足した。「あなたのお蔭で……」

（堀辰雄「春」『風立ちぬ』）

　矢野綾子とほぼ同時に出会った若き立原道造も、その後、恋人といっしょに辰雄に会いに来るとほどなく亡くなる。ともに結核という、当時のはやり病である。

　下町に戻ってみれば、明るい夏の雲の空と浅間山の白い煙のたなびく、「黄色い麦藁帽子」の少女の軽井沢にくらべて、東京の下町向島は別の世界であった。

　婚約者を失った辰雄はその後、加藤多恵子に出会い、室生犀星の媒酌により、結婚して、下町を歩く。辰雄にとって東京下町は、幼年期のアウラにかかわる場所である。

『幼年時代』には、一九二〇年代の思春期の土台となる、辰雄の小学生時代を含んでいた。「人生の最初の十年間」の意味が解き明かされるのだ。辰雄の幼年期にとっては、向島からしばしば通った浅草は庶民の生活の楽しみの場所であり、遊楽の場所であった。下町は辰雄にとって、一九二〇年代の東京の生活を表徴する時空である。そこには「モダン東京百景」（「別冊太陽」海野弘監修）にみる一九二〇年代のモダン都市が、「土地の記憶」の副題をもつ『浅草』（山田太一編）や『ふるさと隅田川』（幸田文・金井景子編）の風景の核をもつ隅田川の絵巻や盛り場探訪とともに、描かれている。

3　堀辰雄の『幼年時代』と下町

江藤淳の『昭和の文人』は、平野謙と中野重治、そして堀辰雄のそれぞれの「昭和」を生きた「文人」について論ずるものだ。その主調音は、「回帰」としての転向と戦後の状況下での「離脱」現象にみる昭和の時代を、如何に作家たちは生きたかを探ることであり、「一身にして二生を経るが如き時代」が、「転向」という特殊な思想状況をあらわにする日本的な「歴史」の通奏低音である。

江藤淳は、現在から過去との対話をするように、辰雄の『幼年時代』に関心を寄せる。その辰雄が若い頃からもつ古典や王朝文学への関心は、一方で自らの生活の基盤であり、生まれ育った下町へとむかっていた。「『幼年時代』の虚実」「無花果の木のある庭」「麹町平河町と本所小梅町」「『庭』と『家』——または『最初の宇宙』」「任意の父の任意の子」「文学的時空間——その内と外からの崩壊」の項目を上げる江藤淳は、一身にして二生を照射する軽井沢（近代）と下町（反近代）やふたつの父子関係について、資料に基づく詳細なテキスト・クリティークをおこなっている。なお堀辰雄研究は、中村真一郎と福永武彦の尽力もあって、全集には、翻訳やノートやメモ、初出の掲載誌、手紙などが完璧に網羅されている。そこで可能となるテクストの読みが、現在の堀辰雄研究における流動するテクストの生成批評の方向である。

　堀辰雄の人生と文学を考えるとき、ふたつの因子が多様にかかわりをもって、関係しているようにみえる。ふたりの恩師、室生犀星と芥川龍之介。ふたりの父、堀浜之助と上條松吉。ふたつの初期の同人誌、『山繭』と『驢馬』。ふたつの場所、向島と軽井沢（追分）。ふたりの女性、矢野綾子と加藤多恵子。ふたりの死、母と養父、そして婚約者と立原道造。ふたつの昭和の雑誌、『文學』と『四季』。ふたりの外国作家、プルーストとリルケ、そしてモーリヤックとカロッサ。人生の後半におおきな影響をはたした、折口信夫と大和路。

　これらの事柄を通して、堀辰雄の文学と人生がみえてくる。

　先に指摘したように、堀辰雄の日本の古典や王朝文学への関心は、自らの生活の基盤であり、生まれ育ってきた下町の向島へとむかっていく。

明治四十年、向島土手下の小さい煙草を商う家に、堀辰雄は、祖母と母親にまもられ、かぞえ年四歳になっていた。隅田川の橋を渡って浅草公園に、いつも母親と遊びに行ったが、やはり子供を遊ばせている母親達が辰雄の顔を見ながら、つくづく言った。

「このお子さんは何と言う俳優《やくしゃ》のお子さんですか。」

（室生犀星「堀辰雄」『我が愛する詩人の伝記』）

江藤淳が関心を寄せた『幼年時代』と同名の、カロッサが書いた最初期の自伝小説がある。「人間の日々のいとなみのただなかに、突如として、存在の核心をゆすぶるような震撼がやってくる。そのとき人は、ふたたびみずからの存在の序章を振り返る」と書くカロッサは、ヨーロッパの思潮を席巻する自然主義の潮流に対抗して、時間をさかのぼる象徴主義的な文学の光景をさぐりあてる医師であり、詩人であった。

幼いものよ、すぐ行くよ。
谷間の道の
うねりくねりがもう見えてきた、

河のもやもほのかに見える、
小さい小さい
あかるくともった町のまわりに……

（ハンス・カロッサ「医師」『逃走』手塚富雄訳）

「ハンス・カロッサの『幼年時代』を読み、彼がそれをただ幼時のなつかしい想起としてでなしに、そこに何か人生の本質的なものを求めようとしている創作の動機に非常に共鳴していた」。自伝的性格の強いカロッサの『幼年時代』からヒントを得た堀辰雄は、自らの精神的なトポスと人間的な時間の深みを創作の過程で取り戻そうとする。そこには、ひとりの作家の現存在を明示するものがある。「未来への離出」や「現在の現前」や「過去への回帰」が、時間軸をさかのぼるように存在していた。堀辰雄の『幼年時代』とは、そうした文学創出の営為であった。

　具体的には思春期の土台の時期を描いた作品が、『幼年時代』の連作である。期間は、実母と養父の彫金師である上條松吉との下町向島の生活を中心とする、小学生から旧制中学にはいる大正時代の前半までを含んでいる。「無花果のある家」「父と子」「赤ままの花」「入道雲」「洪水」「芒の中」「幼稚園」「口髭」「小学生」、そして「エピロオグ」の十編に「三つの挿話」と「花を持てる女」の連作を加えた編集である。

これらの作品を年代順に追ってみると、辰雄の存在の意味へと至るための出発点である現存在が明確に位置づけられる。「三つの挿話」の「墓畔の家」「昼顔」「秋」が一番早い作品であり、養父が亡くなることで自らの出生の秘密を知らされると、『幼年時代』はひとたび中断した。「最終章」として位置づけられたのが「花を持てる女」である。


学校からの帰りみち、母と子とはよくこんな会話をし合った。

「もう明日からは一人で学校へお出《いで》……」

「うん」

「……いいかい、お前の苗字を忘れるんじゃないよ……」

「うん……」私は自分にどうしてそんな父とは異った苗字がついているのか訊《き》こうともせずに、まるで自分の運命そのもののように、それをそのまま鵜《う》呑《の》みにしようと努力していた。


（堀辰雄「小学生」『幼年時代』）

堀辰雄が人生における最初期の時空間の意味を解き明かそうとした『幼年時代』は、一九一〇年代から二〇年代の東京下町の生活を内から照らし出す作品でもあった。その頃の様子を昭和の終焉が間近になった時期に振り返った『下町』（朝日新聞東京本社社会部）という本がある。向島の下町での生活は、その後も辰雄が結婚するまで続く。

芸術派の同士でもある川端康成が、生まれ育った大阪ではなく浅草を書いたのは一九二〇年代の後半である。

『浅草紅団』を書いた昭和四年は、浜口内閣、不景気のどん底と言われた。軍縮全権がアメリカを経てロンドンに向った。しかし、震災後の復興が進み、浅草にも地下鉄、言問《こととひ》橋《ばし》、墨田公園などが出来た。堀辰雄氏の向島の家は墨田公園の横で、度々訪ねて、いっしょに浅草へも出た。

（川端康成「浅草紅団」について」『一草一花』）

すでに『伊豆の踊子』によって、伊豆の旅のブームの火付け役となっていた川端は、上野桜木町に移り住むと、小説『浅草紅団』や『浅草祭』に取りかかる。「新聞から夕刊小説の話があって、浅草を書いて見ようと思ったのは、大正六年に十七歳で、東京に出て以来、浅草が好きで通ったせゐもあるが、「浅草紅団」を書き出す二月ほど前に上野桜木町へ引越したからであった」。川端康成の文名は『浅草紅団』によってさらに上昇し、浅草のブームが巻き起こる。

　こうした「浅草もの」が、次の火付け役を導くことになった。高見順が浅草に移り住む。「私たちは観音堂をまわって、右手の裏に来ていた。観音堂前の賑わしさ、雑踏は、左にそれて、その裏はうそのように淋しかった。ついそこの、つい今通ってきた仲見世の賑わいが夢のような感じがする、そこは蕭条とした場所だった」（高見順『如何なる星の下に』）。「浅草」は、辰雄の幼年期の下町生活にとって、あるいは川端康成や高見順にとっても、日本的なモダンの盛り場であり、庶民生活のひとつの楽しみを与える場所であり、遊楽の場所であった。

4　カロッサとリルケ

「幼年時代は、自分が現在いま立っている場所がどこであるかを、仮借なく指摘する」と書いたカロッサは、第一次大戦時の前線への出発直前に、ミュンヘンでリルケに会っている。一八七八年生まれのカロッサと七五年生まれのリルケは同時代人である。先述のように堀辰雄は、プルーストを経て、リルケの存在と詩に傾倒している。リルケは『マルテの手記』を書き終えると、『ドゥイノの悲歌』の一章から二章まで書いたが、その後、書きあぐんでいた。岩波文庫の『ドゥイノの悲歌』（手塚富雄訳）所収の「リルケ小伝」と「『ドゥイノの悲歌』の成立過程」（高橋英夫）も参照すると、リルケは、出征のはなむけに、贈られていたカロッサの詩集のなかから、一編の詩をカロッサの目の前で、ゆっくりと朗読した。

　前線から帰還したカロッサは、ミュンヘンの町で町医者となる準備をしていた。そのとき、街で憔悴したリルケに出会って、診察する。その後、リルケは『ドゥイノの悲歌』を完成させたのだが、ミュゾット館を訪れたカロッサがいまは亡きリルケの書棚のなかに目にしたのが、自著の『幼年時代』に書き込まれたリルケそのひとの文字であった。

　プルーストとともに早世であったリルケは、ヴァレリーの翻訳やフランス語で詩を書くなど、英独の文学に深く鑑賞の眼を開いていた。リルケの影響は、堀辰雄の『雉子日記』や雉子日記の「ノオト」、そして「伊勢物語など　いかに古典を読むかとの問に答えて」のなかに散見される。

　イタリアを愛し、『成年の秘密』を書いた五十歳代からのカロッサの後半の人生は、同時代のトーマス・マンやヘルマン・ヘッセと比較され、『ドイツの悲劇』（マイネッケ、矢田俊隆訳）に考察されたドイツ的な時代の悲劇を現出する。

　時代は一九三〇年代になろうとしていた。ナチス・ドイツが台頭する。一九三三年にはオーストリアのウィーンで、併合を拒絶する首相がナチスに暗殺される事件が起こっている。マンもヘッセも、国外へと逃亡して、活動をしなければならなかった。ヘッセの『ガラス玉演戯』には、現在の翻訳版でも、ヒトラーの名前が出てくるが、初版ではヒトラーにたいする批判が濃厚に込められていた。

カロッサは、あくまでも中立的な立場に立っていた。ヒトラー暗殺計画が失敗に終わると、弾圧がはげしさをます。カロッサは、「ヒトラーと生死を共にする」と言明するように勧告された。それを拒否すると、ナチスによって拘束されかかる。まさにその直前に、アメリカ軍に救出される。それは、戦時中の横光利一や高村光太郎と比べ、同じ文学者の立場と考えて良いのだろうか。中立であったはずのカロッサは、ナチスのゲッペルス主導によって、ヨーロッパ著作家連盟の会長に選出されていた。一九二〇年代から一九三〇年代のヨーロッパの戦間期を共時的に語る場合、ドイツのマンとヘッセとカロッサの同時代史がみえる。

5　再び堀辰雄の下町

『故旧忘れ得べき』で転向文学として出発した高見順は、文筆と生活に混乱があった約半年後に、浅草を舞台とする『如何なる星の下に』を書いていた。文中には「私は火鉢の火が恋しくなった。

「――そうだ。お好み焼屋へ行こう」」という具合に、浅草の「まあたろう」という、今でも評判の飲食店が登場する。一九三〇年代からの戦前の浅草ブームに、さらに火がつくことになった。

高見順の従兄弟にあたる永井荷風は、「耳をすましていると、これは雨雲の低く垂れた夜に時々あることなのだが、はるかかなたの上野駅のあたりから、ボーボーという汽笛の音がかすかに聞えてきた。／(旅に出たい。)」と書く高見順の存在に、なぜか距離を置いていた。ふたりには、親戚筋にあたる暗い血のつながりがある。

戦後の浅草ブームは、荷風との活きた交遊を描いた『荷風歓楽』(小門勝二)やモダン東京を散策する荷風と歩く『荷風と東京「断腸亭日乗」私註』(川本三郎)に活写されたように、マスコミに追いまわされた永井荷風の復興する盛り場への出没とともにある。

> その頃、私はよく両親に伴われて、すぐ川向うの、浅草公園へ行った。そうして寄席へ連れて行かれたり、活動写真を見て来たりした。又、おばあさんとだけやらされるときもあったが、そんなときにはいつも球乗《たまの》りや花屋敷などへ彼女を引っぱって行った。(略)しかし一番、母だけに連れられて行くことが多かったが、そういう折にはいつも観音《かんのん》様とその裏の六地蔵様とにお詣《まい》りする。

（堀辰雄「口髭《ひげ》」『幼年時代』）

そうした『幼年時代』の連作の最後に、堀辰雄自身の註がある。永井荷風の『すみだ川』や森鷗外の『渋江抽斎』からの文章を引用して、自らの下町の思い出を語っているものだ。堀辰雄は、森鷗外や永井荷風の作品を丹念に読んでおり、その描写から自己の記憶を確認しようとする。そこに想起的な作用をみてとれるが、堀辰雄自身が、無意識的な言葉の領域のもつ精神の深さについて言及していることに驚かされる。川端康成の「文芸時評」が、的確な対象への把握と批評であることにもまことに驚かされるが、堀辰雄の森鷗外や永井荷風にかんする文章の読みの深さも、正確を期するもので驚くばかりである。

あれほどハイカラな西洋派を明示した堀辰雄の『幼年時代』の連作は、まるで漫画やアニメ映画の「あしたのジョー」の下町の原風景に近い姿をもっている。しかも、墓地を訪れる描写が多いのも、ひとつの潜勢から現勢への特徴である。深層の無意識の寄り添える世界とはどのようなものか、眠りと目覚めの淡い世界とは、どのようなものか、現象する死者たちの群れを追慕する姿には、単に探墓の風景だけでなく、日本の祖霊信仰と現存する寺社や仏像への親和力となっているようにもみえる。

堀辰雄にとっての『幼年時代』は、過去の想起による文学的営為のひとつではあったが、それにもまして、失ったものからの人間的時間の豊かさを取り戻すような、そうした自己に回帰し、自己言及する文学的営為であったといえるだろう。人間的な時間の豊かさは、内的ともいえる時間性の問題であるが、一方では空間のトポス性の問題として開かれてもいる。『幼年時代』は、人間的な生の時間をさかのぼりつつ、内的精神の空間の経験を経ながら、トポス的な空間の詩学に至るのだ。

6　堀辰雄をめぐる文学風景

堀辰雄と川端康成には、軽井沢での交流があった。後年、信州の追分で逝去した堀辰雄の葬儀委員長となった川端康成は、「堀君は彼が存在するというだけで、日本の詩精神を保持し病臥しながら読者の心のなかでも成長していくというような、稀有の人でありました」と追悼した。そこには、まことに、小説と詩が併存する時代の姿がみえる。

別章でも触れた石丸重治は、後に古陶磁の美術批評もやりながら、慶應義塾大学の教授を務めた人物である。彼は『山繭』の編集にかかわったが、当時を回想して「新たに私が編集して同人雑誌『山繭』をつくった。小林、永井龍男、笠原健治郎、木村庄三郎、それに富永太郎、後に堀辰雄、瀧口修造が加わり、更に遅れて青山二郎がはいって来た」（「記憶の一部から」）と書いている。

また、『ヨオロッパの世紀末』に結実する海外という「外部」からの目をもつ吉田健一は、この時期の文学状況について、「今、振り返って見ると、その頃は文学の一種の混乱期だった。鷗外、漱石、龍之介が出た後で、日本の現代文学は兎に角、その基礎だけは出来た訳でありながら、一片の批評らしい批評もないし、近代文学は芥川に代表されていて、それ故に近代文学とは呼び難くというような、本ばかりやたらにあって、恐ろしく空虚な時代だった。その空白から、丁度その頃になって日本の近代文学が生れたのだろうと思う。梶井基次郎、牧野信一、嘉村礒多、堀辰雄など、皆この時代に現れた作家である」（『図書目録』）と回想している。

ここには一九二〇年代の文学状況が、堀辰雄という実存的存在とともに確認できる。当時に辰雄の状況を改めて描くなら、関東大震災で実母の死に遭遇したときの様子に触れるべきだが、それにもまして、下町を巡って書かれたテクストと読むことができる文章に注目したい。一九三八年に亡くなった養父の死以後について書く筆跡は、まるでルソーの『告白録』である。

私はその日はじめて妻をつれて亡《な》き母の墓まいりに往《い》った。
円通寺というその古い寺のある請地町《うけじまち》は、向島《むこうじま》の私たちのうちからそう離れてもいないし、それにそこいらの場末の町々は私の小さい時からいろいろと馴染《なじみ》のあるところなので、一度ぐらいはそういうところも妻に見せておこうと思って、寺まで曳舟通《ひきふねどお》りを歩いていってみることにした。

（堀辰雄『花を持てる女』）

堀辰雄にとって、何よりもその場所は、幼少期にかかわる円通寺や請地町、向島や曳舟通りの下町を後背地とした「幼年時代」にかかわる場所であった。その人生の局面と辰雄の文学を、福永武彦は「『幼年時代』考」で詳細な分析をしている。辰雄にとっては、「近代」の軽井沢が西洋文学とともにあり、「反近代」の東京下町は、深層の無意識が生きる心身のアウラと繋がる『幼年時代』の実存と幻影の世界であった。

先に指摘したように堀辰雄の文学には、師の芥川的なものをいかに乗り超えるかというテーマがあった。『幼年時代』の連作が果したものは、東京下町へと視線を注ぎながら描く芥川的な「私小説」をいかに乗り超えるかを定着させる作品であった。

私は震災後、しばらく父と二人きりで、東京から一里ばかり離れたY村で暮らしていた。その小さな、汚い、湿気の多い村は、A川に沿っていた。その川向うは、すぐその沿岸まで、場末のさわがしい工場地帯が延びてきていた。私の父方の親類の家がその村にあったので、私は幼い頃、ときどき父に連れられて写真機などを肩にしては、この辺へも遊びに来たものだった。

（堀辰雄「秋」『三つの挿話』）

ところで、折口信夫も大阪の下町に育っている。

下町の一隅から、道頓堀を越えて日本橋の北東にあった小学校へと通い、寺町の坂を登ると、四天王寺の北側にあった天王寺中学校へと通った。四天王寺を中心とする芸能がまことに身近にあった下町のトポスが、『古代研究』や『死者の書』によって堀辰雄が大きく影響を受けた折口の幼少年期を過した場所である。

そこには歌舞伎や文楽、大道芸や獅子舞などが、下町風情とともに濃厚に存在していた。折口の生家跡には現在、記念碑が建っている。そこからは生駒山や二上山が遠望でき、その背後には奈良の大和路がある。

堀辰雄の「主体」が歩くのは、「シニフィアン」の信濃路であり、大和路である。歩きながら書き、歩くことが、生きている「主体」であった。それは、直立歩行を宿命とする「生」の姿態である。生き続ける「シニフィアン」（言葉）は、身体を押して歩く堀辰雄に、反芥川的な文学的世界を志向させていた。しかも、現象学的な時空の経験こそ、文学創出のための旅であり、水平軸としての空間の経験から垂直性の時間の経験を日本の古典と大和路のうちに求めていた。そこに、出発点から到着点にむけて交叉し、横切ることによって、第二の自然へ至る個的存在から類的存在への透視図を得た、堀辰雄の「歴史」の発見があった。

7　堀辰雄のフローラ

幼児期への想起作用をともなうプルーストの人間的時間が、辰雄の小説群に多大な影響を与えていた。病弱で、文学的夢想のなかに生活を全面的にかかわらせる辰雄にとって、幼児の頃から病弱だったプルーストは、心身論的に同質性を感ずる存在だった。「プルーストは、起源にさかのぼるといっても、分析や分解によってではなく、綜合的直観——回想——によってである。なぜなら、彼にとって、問題は存在者の単一な本質に到達することではなくて、とりかえされないまでに分析によって失われた、幼少時の最初の複合素《コンプレックス》にまで到達することなのである」（「プルースト」『人間的時間の研究』）と文芸評論家ジョルジュ・プーレは書いている。プーレはジュネーブ学派の新批評で知られるが、時間と空間により、作家の意識の運動を存在論的に捉えている。この思考をさらにさかのぼっていくと、「ルソーは、幼少年時代や青年時代をおとなになるための段階とみることを否定した。人生のそれぞれの時代は独自の価値をもたねばならない、というのがルソーの教育論の基本思想の一つである」（桑原武夫「解説」『告白』）という『告白録』や『孤独な散歩者の夢想』にある「幼年時代」の独自性と等質性がある。

『大和路・信濃路』に収められた「フローラとフォーナ」のエッセイに「僕なんかもflora組かも知れない」と書く堀辰雄がいる。辰雄は「プルウストは人間を植物に同化させる。人間を植物《フローラ》として見る。決して動物《フォーナ》として見ない」と書いている。堀辰雄の心身の宿命は、「フローラ」との共感にみることができる。人間のもつ有機体との同一性への志向は、「花や植物」への回路と「動物」への回路を志向している。そして、軽井沢や追分の野山や山河の風景だけでなく、東京の下町の路地を歩けば、いまでも軒先に咲き誇る草花が、辰雄の現存在を証明するかのように、下町情緒の日常をかたどっていることに気づかされるのだ。

　僕のいま滞在している田舎も、そのコンブレエと同じくらい花だらけだ。六月の初めこちらへ来たばかりのときは、何処《どこ》へ行っても野生の躑躅《つつじ》が咲いていたり、うすぐらい林の中を歩いていると、他の木にからまって藤の花が思いがけないところから垂れていたりした。そのうち小川に沿うてアカシアが咲き出した。

（堀辰雄「フローラとフォーナ」）

「わたしのすべての植物採集の散歩、わたしの目にとまる事物のあった場所のさまざまな印象、その場所によって作り出された観念、それに混った出来事、それらのすべてはその同じ場所で採集した植物を見ることによってよみがえってくる印象をわたしに残した」（『孤独な散歩者の夢想』）とルソーは書き、その植物標本は、ルソー本人の本性的な「時間と自己をめぐる」記憶の表象の集積であった。ジョルジュ・プーレは「ルソーはときに、過去を再び生き、ときに過去をはじめて生き、過去をまだ見たことのない風景のように発見し、彼の現在の感動がそれに生気を与える。そしてときにはおそらくその両方の種類の感動、つまり感動的な思い出と純粋に現在的な感動とが重なりあい、結びつきあうのである」（「ルソー」『人間的時間の研究』）と考察している。

　ルソーの自然は「野生の思考」と結びつく。ルソーから影響を受けたレヴィ＝ストロースは、「空間の経験」を経て非西欧としての『悲しき熱帯』を書き、「原始人、子供あるいは未開人のように、現在のなかに自己を定着させること、これこそは試みなければならないことである」（『野生の思考』）と書いている。原始人や子供や未開人だけでなく、植物学や生物学に大きな関心を寄せ、「出来事」

中心への反歴史主義である人類学的な構造主義者としてのアプローチに到達している。「メルロー＝ポンティの思い出に」の献辞をもつこの本の表紙には、ルドゥーテの野生のパンジー（三色菫）が採用されている。そこには、ゲーテにもみられるが、植物的な生を嫌うアリストテレスや動物的な生成変化を論ずるドゥルーズとは異なり、「イタリアン・セオリー」の旗手ジョルジョ・アガンベン（『書斎の自画像』）にみるような「草」という植物に親近感がある。

> やがて野ばらにあとをゆずろうとして生垣ぞいに密集するさんざしの匂い、小道の砂をふんで行く反響のない足音、水草にあたる川水に結ぶかと見えてはかなく消え去る泡、――私の感激はそれらのものをもちこたえ、継起する幾年月を超えさせることに成功した。
>
> （マルセル・プルースト「スワン家のほうへ」『失われた時を求めて』井上究一郎訳）

こうした、人間の質としての「植物性」の引用素を「プルーストは花を描くことが好きらしい」と辰雄が書いたプルーストの作品の奥にみるのだ。

やがて、堀辰雄は、リルケの「悲歌」と日本の万葉集の「挽歌」から王朝の女流日記のなかに流れる「悲歌」の質音を、同質なものと確認するようになる。『堀辰雄全集』の「第三巻」には、「雉子日記」や「リルケ雑記」といった、リルケにかんするエッセイのすべてが集められている。「マルセル・プルウスト」の章には、「プルウスト雑記」を始めとする文章がまとめられている。さらには、『大和路・信濃路』の各文章と「王朝日記文学」にかんするエッセイも、同じ巻に網羅されている。編集には西欧的知と日本的知を結ぶ共時的な接線が、みえるようだ。

ここで堀辰雄の文体がもつ質について、言及をしなければならない。

句読点をもつ、星々のきらめきのような、そのエレジー（挽歌という悲歌）をかもしだす軽い文体のなかに私は堀辰雄のポエジーを感ずる。ポエジーとは、その作家や詩人がもつ本性や過去からの境涯によって生成される言語の連なりの質である。かつて論ぜられた文体論でいえば、自己の感性とかかわる言葉や「もの」と「こと」の生き生きとした共生関係をもつ言語の連なりの流動する時間として考察できるということである。現在では、詩学やレトリックへの転換や、ラングからディスクール（言説）の言語学における記号から文の重視への思考も、文体論については考慮する必要がある。

ここに、堀辰雄の詩を軸とした小説とエッセイの言語芸術を考える重要な点がある。

小説を書くにしても、エッセイを書くにしても、詩から離れない。詩の効果（言葉のシニフィアン）

を中核にした小説（散文）やエッセイが、互いに倍音を奏でている。ふたつの場所、向島と軽井沢（追分）、ふたつの影響を受けた詩人・作家、プルーストとリルケ。さらには辰雄と同じく早く父を亡くしたモーリヤックと「幼年時代」を自伝的に書くカロッサの存在が、作家としての人生の背後で大きな影響をはたしていた。そこに詩的遠近法が、精神現象の深奥から生じた人間的考察としての文体とともにやってくる。

そして、神西清と折口信夫が、信濃路と大和路のふたつの旅にかかわってくる。

堀辰雄の『幼年時代』以後の作品からみえてくるものは、時間と空間の倍音的な関係である。しかし、それ以上に、先ゆき不透明な現代社会にあってイデオロギーでもの（芸術）をみない視点がある。それは、身体のひ弱さが自然と政治や戦争から距離を置いた芸術的自由主義といえるかもしれない。四季派の抒情を詩の回復と考えた堀辰雄のモダニズム思想の根幹も、そこに透けてみえる。『幼年時代』には、人間的時間のイメージがあり、『大和路』にはより身体と空間の経験との関係がある。『幼年時代』が、民俗的な事物とともに「思い出」としての時間を遡行するとき、「歴史」という時間に辿り着く『大和路』でさえ、堀辰雄の身体は歩くコギト（生成する言葉のシニフィアン）として、水平軸の現象学的な空間の経験をはたしている。

堀辰雄にとって、『幼年時代』は、意識からの無意識的世界への第一の展開であり、『幼年時代』

から『大和路』へ至る回路は、民俗学的な「層位的」な歴史の心性に至る無意識から集合的無意識の世界への第二の展開である。そこに心象の旋回が、断絶と持続の層として現われている。

8　日本的深化と大和路の旅

心身の老いを感ずるようになると、必然的に物理的な現実の時間が空疎なものとして感ぜられるようになる。その反面、内的な「人間的時間」といわれた記憶の存在が私たちの生を温かく、艶のある味わいとして感ぜさせてくるような場合もある。そこでは、「旅と仕事と病気の悪循環」のなかで、死を免れて生きている堀辰雄の深い心の色彩が、堀文学の内面性の織物となって、大和路の旅の風景を現象する言葉（ナラトロジー）になる。

折口信夫の作品とのかかわりからすれば、『死者の書』（一九四三）についての関係がある。本書は創作では釈超空と名のっていた折口によって、大陸での戦争から英米との戦争の時期にあたる一九三八年（昭和十三）に書き始められたものである。舞台である奈良は、折口にとっての自らの出自とかかわる場所であった。現実の生活場であった大阪の下町からほど近い、二上山の麓の当麻寺に伝わる中将姫と「観無量寿経」の伝承のなかに、古代人の生活と言霊の時空を、近代人の言語感覚によって復元しようとした。言霊や死者の声としての擬音が多用されている。万葉集を編纂した若き大伴家持の姿も、活き活きと描かれている。

堀辰雄はこの『死者の書』からの影響を大きく受け、「自分も古代の物語を描こう」と、意識的な創作を志向する。奈良を幾度も訪問しつつ、日本の古典のなかに、万葉集の挽歌（レクイエムとしての叙景歌）のなかに、文学の真性を見出そうとしていた。

詩人的文章をつづる作家の堀辰雄が、ここで目指したのは、小説を書くための奈良・大和路への外部への踏査を通じた旅のエクリチュールである。それは、病弱だった堀辰雄の文字どおりの死への道行きに近いものである。しかし、そこにあるのは、折口信夫が古代人の生活を描いた近代（現代）小説への関心であった。また、和辻哲郎が『イタリア古寺巡礼』で試みた、『妻への手紙』に網羅される、旅先からの妻多恵子への手紙をエッセイとして結実させた世界である。

ここで問題となるのは、詩誌『四季』の編集をしながら、「小説」を書く堀辰雄のエッセイの道を切り開く並々ならない思索の表現（内部の探索）である。

そこに存在するのは、空間を移動し、空間を経験する、不安のなかにも明るい開放的な文章がある。堀辰雄文学の晩年の姿だ。そして辰雄にとっての下町と軽井沢（追分）と奈良の三極構造がある。

辰雄は非常な短期間で、病弱にもかかわらず、奈良を訪問し、寺や仏像をみて歩いた。『ウォークス　歩くことの精神史』（レベッカ・ソルニット、東辻賢治郎訳）によって描かれた、歩くというフィールドワークによる空間の経験の重要性に辰雄は気づいていた。おそらく、「軽井沢＝西洋＝近代」は、西洋文化を摂取する意識的なレベルに抵触し、東京下町の「幼年時代＝江戸＝反近代」は、身体性と相俟って、無意識のレベルに抵触していた。そして、「奈良＝古代＝万葉・王朝的世界」は、さらに身体性の深層にある集合的無意識の心性に抵触している。「森厳なレクイエム」によるポエジーとともに、病を内に秘めて現実の壁に直面した後の「人間的時間」の深化が、文化の累積と歴史の時間の拡がりのうちに「第二の自然」の発見として存在する。

一九三七年（昭和十二）六月。京都の百万遍の龍見院に、辰雄は一ヶ月滞在した。初めての京都と奈良への旅である。その年の秋に、中世の物語に範を取った『かげろうの日記』は書かれた。日記には、すでに触れた反芥川的な生と作品を模索する堀辰雄のまなざしがうかがえる。芥川を超えようとした堀辰雄が歩いた奈良の風景は、日本近代文学の歩みを「江戸期の文学」とともに支える文学の風景そのものである。と同時に、萩原朔太郎の『青猫』に影響を受けた堀辰雄にとっても、当時の都市・東京の時代状況とからみながら、堀辰雄自身の「宿命」の文学としての位置を示すものである。

第二回目の旅は一九三九年（昭和十四）、会津八一が滞在した奈良の日吉館に、神西清とともに十日ほど滞在した。秋篠寺、薬師寺、唐招提寺を訪ねる。

第三回目の旅は、一九四一年（昭和十六）の十月、奈良ホテルに滞在して、奈良の風景のなかを歩いている。このときの妻への手紙から、『大和路・信濃路』のエッセイが発表された。辰雄は秋篠寺や唐招提寺だけでなく、新薬師寺とその周辺の高畑や佐保路を歩き、生駒山を越えて、河内の高安まで足を伸ばしている。立原道造が尊敬していた伊東静雄の住む旭ヶ丘がすぐの場所である。

堀辰雄と折口信夫の仲を取りもったのは、小谷恒という人物だった。小谷恒は、室生犀星が書いた『我が愛する詩人の伝記』の「堀辰雄」にも出てくる人物だ。彼は室生犀星や母校の恩師である池田弥三郎とも親交があった。

堀辰雄は、折口の「王朝日記」にかんする講演を国学院大学に出むいて聴講し、『源氏物語』の「宇治十帖」の講義を聴くために慶應義塾大学に出かけていた。折口信夫は風呂敷包みから本を取り出し、椅子に座って講義をしたが、熱心にやってくる堀辰雄の聴講をとても気にいっていたらしい。「あの小説には実によく古代の空気がでていたようにおもうね」と書く堀辰雄が、現代人の心の奥の基層に万葉人の活き活きとした大伴家持を発見する。折口信夫は、現代人の風姿の奥に、二上山と当麻寺に伝わる死者や仏教的な伝承による古代人の生活と言霊の基層をみている。

こうして書かれたのが「更級日記」に取材する『姨捨記』に続く小説『曠野《あらの》』である。それは、「高畑のあたりの築地のくずれが妙にそのときの自分の気持ちにぴったりして、それから急に思いついて『曠野』という中世風なものがなしい物語」の創作となったが、当初考えていた万葉的な小説ではなかった。

その年の十二月、辰雄は、若き日の柿本人麻呂も歩いた三輪山のふもとの穴師から瓶原、飛鳥の村を歩く。この第四回目の旅は、ホテルに荷物を置いたまま、倉敷の大原美術館へ赴くと、エル・グレコの「受胎告知」をみて帰郷する旅である。辰雄は奈良の寺や仏像とともに、その絵をひと目みておきたかった。病床に臥せっているときも、枕もとの壁にはこの「受胎告知」の白黒のコピーを貼っていた。高村光太郎が黄山谷（黄庭堅）の書を掛けていたことを思わせる。『古墳』というエッセイの作品は、この旅からできたものである。

そして、多恵子夫人をともなって、木曽路を廻って大和へ赴いた。第五回目の旅である。浄瑠璃寺は、九体の阿弥陀仏による西方阿弥陀浄土と薬師如来による東方浄瑠璃浄土を具現し、終末思想が盛んだった平安時代の姿を伝える唯一の寺である。教科書にも採用された辰雄の『辛夷の花』や『浄瑠璃寺の春』のエッセイも、この旅から生まれた。

堀辰雄の大和路への最後になる旅は、先の旅の一ヵ月後のことだ。一週間の旅は、京都の苔寺や大徳寺、そして最後に和辻哲郎も触れている奈良桜井の聖林寺である。「いま聖林寺に向う途中だ」（『妻への手紙』）。そこには三輪山の麓にあった大神神社の十一面観音像がある。白洲正子が愛した十一面観音として知られる仏像である。辰雄は京都に滞在しながら、「あの『死者の書』は唯一の古代小説だ。あれだけは古代を呼吸しているよ」（「死者の書」）と、テクストのページを通りぬけてエッセイを書き始めた。「古代生活の研究　常世の国」をひとつの結実とする折口信夫と堀辰雄の精神的なつながりが、それぞれの行動や作品のうえに、大きな影響をみせている。

> 自然を超《こ》えんとして人間の意志したすべてのものが、長い歳月の間にほとんど廃亡に帰して、いまはそのわずかに残っているものも、そのもとの自然のうちに、そのものの一部に過ぎないかのように、融《と》け込んでしまうようになる。そうして其処にその二つのものが一つになって——いわば、第二の自然が発生する。そういうところにすべての廃墟の云いしれぬ魅力があるのではないか？
>
> （堀辰雄「大和路　浄瑠璃寺の春」『大和路・信濃路』）

「此処こそは私達のギリシアだ」と書く、堀辰雄の基層文学の「第二の自然」の発見による可能性と挫折がある。「第二の自然」こそ、社会学的な空間の経験をはたす現象学的還元をともなった堀辰雄の大和路への旅が、たんなる廃墟学としての回帰ではないことを証明するものである。「分去《わかされ》のところまで歩いてきた」堀辰雄にとって、軽井沢や追分の純な生の自然から信濃路の路傍の仏や大和路の寺や仏像には、ひとつの民俗学的（人類学的）な風景の発見がある。「旅とは、道程の一方の端にある総体から、他方の端にある第二の総体へとわれわれを移行させる」（「旅とエクリチュール」ミシェル・ビュトール）。それを「第二の自然」と表現した。堀辰雄はこの「第二の自然」をジンメルから学んだらしい。ジンメルには『芸術の哲学』という本がある。堀辰雄は、対象物にたいする「遠隔の感じ」（ニイチェ）についても言及している。これは堀辰雄の遠近法の感覚である。イーフー・トゥアンは「空間は、詩人の内省のなかで、探検の神秘的雰囲気のなかで、時間としての意味をもっている」（「経験的空間のなかの時間」『空間の経験』）と書いている。

そこには、まるで民俗学者が物を「こと」としてみつめるような、自然と反自然があり、人間そのものと社会的な弁証法の構造がある。あるがままの自然と物を言葉による「こと」として表現するときにみえてくる「言葉と物」の構造がある。文学や絵画を解読するように、堀辰雄は、信濃路から大和路を急ぎ足でたどりながら、人間にとっての文化の形態がひとつの寺や仏像として反自然を刻んでいることをみた。寺や仏像を創出する人間の深層の構造と創造が、自己が自己であり、また歴史である「第二の自然」だということに思い至るのだ。

それは、「出来事」を中心とする歴史主義である西洋近代や進歩の文脈から東洋への反近代的な回帰（宙吊り《エポケー》）ではなく、人間の深層への深まりによって、さらに異なる原初的創出物という、人間が生み出した社会学的な共時的構造の発見でもあった。そこに、現在から過去へと対話する遠近法による民俗学的な方向とも通底する、「第二の自然」の発見がある。

9　堀辰雄の「表現主義」

一九四四年に喀血をして、信濃追分に戻った辰雄の戦後は『堀辰雄作品集』（全八冊）によって、自らの書いたものをまとめる人生に邁進することになる。短編を中心とする作品群に比して、短かった旅の記録は、堀文学を内から支えたロマネスクな記録文学である。そのエクリチュールには、「われわれの時代には、詩《ポエジー》はもはや小説家や詩人には見いだされずエッセイストにおいて見いだされると、たぶん大胆に言われてきた」（「深さの科学から頂点のポエジーまでガストン・バシュラール論」M・J・ルフェーヴ）と語られる、堀辰雄のモダニズムの目を通した日本的な表現主義のエッセイの航跡がみえる。自己のモダニティが、前方にむかう時間性（潜勢力から現勢力への移行）として、トポロジカルな移動（反転）を言葉のシニフィアンに表象した。とはいっても、「秋篠の村はずれからは、生駒山が丁度いい具合に眺められた」と書くかなたの二上山の麓での「死者の書」は、ついに書くことができなかった。

堀辰雄の大和路への旅は、回帰ではないというのが、ひとつの論点である。

芸術主義的な自由主義者の姿は、病弱で義父の遺産に支えられた生活と文学活動であった。しかし、自らの死をも彼岸に見据え、鬱屈する生活との両義性のなかで、「人間的時間」をより深め、豊かにしている。あたかも、堀辰雄の文学機械が、生そのもののなかに生きている自動化する文学活動の生産であるかのように。

「信濃路」から「大和路」へと連合するイメージの表現主義は、古墳や埴輪に触れる堀辰雄の民俗性への深化でもあり、芸術の普遍性を西洋文学と日本の文化にわたりながら実現するものであった。そこに、中心としての都市の東京と会津八一から始まり、釈迢空、和辻哲郎、亀井勝一郎などが歩いてみた、反照（不在）としての地方の発見が両者の「あいだ」にあった。

堀辰雄の文学にとって、一九一〇年代から一九三〇年代を対象に書かれたテキストが、芸術としての小説の「型」をもとめ、その小説の「型」への希求が個と普遍を芸術的に結びつける作用があったと考えられる。それは、当時のさまざまなモダニズムの芸術のなかにあって、自己表現とかかわる伝統と切り結ぶ近代的な日本的表現主義を模索するものであった。日本的表現主義とは、日本近代が志向する限界の政治的状況のなかで、西欧の世紀末から一九〇〇年代初めの文化を、「日本近代」の「世紀末」として呼吸する感性的なコギトによる「精神史」として表象するものである。

そこで、日本人にとって受容された、身体論的に把捉される共時的な文化表象が、奈良の具体の歩行と風景とによって発見された。白い地平のうえの空間の移動による経験が、啓蒙主義的な「知」による批評ではなく、生存の危機をあつかって生かしめる文学の「表象」となる。そこにたどりついたのは、生を生として存立させる「表象」としてのあらたなコギトの発見であった。

Ⅶ　萩原朔太郎と宮沢賢治の東京志向

一九二〇年代の日本の政治は、大正デモクラシーの勃興と挫折と言い換えることができるだろう。第一次大戦の好況とその後の戦後不況の影響で、一九一〇年代末より米騒動などが全国的に広がり、そうした人々の困窮は解消されていない。一方で、日本初の政党内閣が組織され、デモクラシーという語が流行語となる。そうして迎えた一九二〇年代を襲った関東大震災による喪失と復興の狭間に、地方と都市の矛盾がさまざまにみられた。都市を中心として、遅れてきたような大衆文化が巻き起こる。エロ・グロ・ナンセンスが巷を席巻する。このような矛盾が、次第に海外の植民地経営と人々の移動によって、経済的・社会的矛盾が転化される様相を帯びていた。特に民衆のイデオロギーは、左傾化とナショナリズムの台頭を背景とする右傾化の狭間におかれた。そして一九三〇年代の満州事変以後、国内の矛盾は植民地の展開に転嫁され、ゆだねられてゆくことになる。
ここで都市と地方の関係、とくに地方出身者であったふたりの詩人と一九二〇年代東京のことをみておきたい。

1　一九二〇年代と現在

関東大震災を語ることは、三・一一を語ることである。

二〇一一年（平成二十三）三月十一日十四時四十六分十八秒、宮城県牡鹿半島の東南東沖一三〇キロメートルを震源とする東日本大震災（東北地方太平洋沖地震）が発生した。マグニチュード九・〇。震源域は広大で、岩手県沖から茨城県沖までの南北約五百キロメートル、東西約二百キロメートルに及んだ。と同時に、場所によっては波高十メートル以上の巨大な津波が発生した。これにより、福島第一原子力発電所の事故が加わり、地震による大きな揺れと大津波、火災に加えて、原子力発電所の事故による大きな社会不安と社会変動をもたらした。その影響は、多くの「故郷喪失者」と立場上の指向変容をもたらせて今日に至る。

死者　一五、八九九人

行方不明　二、五二九人
負傷　六、一五七人
家屋全壊　約十二万戸
家屋半壊　約二十八万戸
家屋一部破壊　約七十三万戸

（二〇二一年三月五日現在）

関東大震災前後を描いた宮崎駿監督の『風立ちぬ』（二〇一三）に対して、新海誠監督の長編アニメーション映画の『君の名は。』（二〇一六）では長野県の諏訪湖をモデルに隕石が落下し、同じく『天気の子』（二〇一九）では関東地方（東京を中心とする）を襲う異常気象によって、荒川や江戸川下流域が水没するという、長期間の雨の日を舞台背景としている。

三・一一（東日本大震災）の復興祭は、十年後の二〇二〇年に予定された東京オリンピック・パラリンピックに想定されたが、新型コロナウイルス（Covid-19）による感染症のため、一年延期となっている。復興とはいかなる出来事か。関東大震災からの東京の下町を中心とする帝都の復興は、その後東京大空襲によって焼土となる東京が復興する戦後十年を語ることでもある。

民本主義といわれたデモクラシーがあったにもかかわらず、なぜ戦争の時代となってしまったのか。歴史研究者成田龍一は、「にもかかわらず」から「であったがゆえに」と文脈の読み替えを行っている。大正デモクラシーそのものの構造に限界があったのだ。しかし、そうした限界のなかからこそ、大衆のナショナリズムに支えられて、戦争の時代はより現実味を帯びたというのである。そこには、個人の普遍につながる芸術活動が、なぜ日本主義となってしまったのかという、戦争と日本主義が同一の地平に展開したことに対する問題も指摘されてきた。大正デモクラシー（民本主義）の総体がひとつの因となり、戦争の時代を大衆は自ら認めるに至ったという反省である。

デモクラシーの時代は、出現してくる大衆が発見された時代でもあった。そしてこの時期は、スターリニズムへ帰結する革命と反革命（ファシズム）の嵐の前の、「政治と文学」の問題の発端が切り開かれた時代でもあった。大衆の感性が、そのエネルギーを包括した組織機能をもたらし、それによって大衆自身が国家間の戦争に赴くことになるという、幾重にも重なる複雑な大衆自身の活動があるのだ。

暗いことばかりではない。「個」と「普遍」をつなぐ理想主義的な思考は、大正期のユートピア思想として象徴的に語られうるものである。有島武郎の「狩太農場」の解放や武者小路実篤の「新しき村」の「一定の時間だけ働く代わりに、衣食住の心配を逃れ天命を全うするために金のいらない社会をつくろうとする」活動や、柳宗悦の民藝運動による仏教美学の発見など、雑誌『白樺』にかかわった人々による諸活動がある。

その観点から堀辰雄の文学は、ヨーロッパから移入された「世紀末」から二十世紀初頭の文学をもとにした、ひとつの「ユートピア文学」としてみることができる。「信濃路」から「大和路」への文脈は、こうした古代や中世社会の心性へと架橋する日本的ユートピア文学といえるかもしれない。そこに堀辰雄の脱イデオロギー的な文学像を、現代文学のひとつの表象として再認識してもいいのではないか。また、その自由主義的な日本的表現主義に通底するモダニズムの芸術性の再考をみることも、言語の構造と無意識を問題とする現代においては、可能性の範囲に含まれる。

さらには一九二〇年代から一九三〇年代、一九三〇年代から一九四〇年代と時代を区切ってみると、萩原朔太郎の生き様にひとつの作家の営為と変転の姿をみる思いがする。萩原朔太郎の詩集『青猫』から「郷土望景詩」と『日本への回帰』に、また、宮沢賢治の東京の生活と初期のユートピア作品に焦点をしぼることによって、一九二〇年代の東京への現在からの対話の締めくくりにしよう。

2　萩原朔太郎の彼方へ

萩原朔太郎は、生前八冊の詩集を刊行していた。

一九一七年（大正六）の第一詩集『月に吠える』と、関東大震災が起こった一九二三年（大正十二）の一月に刊行された第二詩集『青猫』。それ以降は詩を書き、詩集をまとめる朔太郎の情熱が、鎖列をなすような編纂作業として強度さを示している。第三詩集の『蝶を夢む』（一九二三）、それに続く『純情小曲集』（一九二五）や『萩原朔太郎詩集』（一九二八）、ここまでが一九二〇年代である。昭和に入り、一九三〇年代の『氷島』（一九三四）と『宿命』（一九三九）をはさむように、『定本青猫』（一九三六）がある。詩集の編集には、朔太郎の情熱をたどることができるが、詩集の刊行年次と制作年次は入り組んでいて、必ずしも一致していない。

名著復刻版の『月に吠える』を紐解くと、『詩集　月に吠える』の原像には、北原白秋の序と室生犀星の跋、田中恭吉と恩地孝四郎の挿画によって、芸術品の趣きがある。附録には田中恭吉と恩地孝四郎の「挿画付言」がつき、朔太郎自身の「故田中恭吉の藝術に就いて」も巻末に置かれていた。「月に吠える犬は、自分の影に怪しみ恐れて吠えるのである。疾患する犬の心に、月は青白い幽霊のような不吉の謎である。犬は遠吠えをする。」（「序」）と、朔太郎はこの詩集のタイトルに寄せて書き、「詩とは感情の神経を掴んだものである。生きて働く心理学である」（「序」）と、叙情詩の「美」感を詩の「にほひ」と形容した。さらに、詩の言語論としての「リズム」論がつけ加えられている。『青猫』は一九二〇年代の東京という時代を強く反映した詩集だった。

巻頭に朔太郎の生活と詩の彼方へと突きぬける芸術性を論じた「序」がある。この『青猫』は、後に朔太郎とかかわる『四季』の同人堀辰雄に影響を与えた詩集である。さらには、この詩集から戦後詩人清岡卓行が口語自由詩としての影響を受けていた。

> この詩集「青猫」が、私の過去に出した詩集の中で、特になつかしく自信と愛着とを持つことである。世評の好悪はともかくあれ、著者の私としては、むしろ「月に吠える」よりも「青猫」の方を愛してゐる。なぜならこの詩集には、私の魂の最も奥深い哀愁《ペーソス》が歌はれて居るからだ。（略）「青猫」はイマヂスムの詩集でなく、近刊の詩集「氷島」と共に、私にとっての純一な感傷を歌った詩集であった。
>
> （萩原朔太郎「序」『定本青猫』）

『青猫』は一九二三年一月、幸運にも関東大震災の前に出版された。黄色の表紙によるシンプルな詩集だ。収録された詩には、「この美しい都会を愛するのはよいことだ／（略）／ああ　このおほきな都会の夜にねむれるものは／ただ一匹の青い猫のかげだ」（「青猫」『青猫』）などの都市と猫への形象があるが、多様な詩が混在している。

朔太郎の詩の変容と成熟を考えるとき、『青猫』には東京と前橋との往還する身体と精神が大きく影響をみせている。父からの強い要望であった医者を継ぐために、朔太郎は熊本や岡山の旧制高校や慶應義塾大学への在籍するなど、青春期の流動する無明の時間を過ごした。十二代も続く医師の家系を継がなければならない。

一方で、『若き日の萩原朔太郎』や『朔太郎の背中』（萩原隆）をみると、父密造の出身地は大阪である。朔太郎の関西に対する文化的な教養は、現実の生活である前橋（地方）から東京（都会）へと志向する「近代的」なものとは異なった、関西の歴史空間を意識させるものである。

朔太郎の「近代」は詩の言語によるものばかりではなかった。彼には「自転車日記」という文章がある。『自転車乗りの夢』（佐々木幹郎）は朔太郎の身体論的な移動が果たした彼方への走りを論じた夢語りである。また、朔太郎の移動する身体と眼の精神は、近代を象徴するカメラ映像でも表される。「東京時代」（『萩原朔太郎撮影写真集』）のほか、前橋公園の桜、鎌倉での日夏耿之介と写る一コマ、奈良の若草山の写真など、一九二〇年代は朔太郎の眼の精神によって表象されるものだった。

このとき朔太郎は、移動する心身のうちに、ヨーロッパの「世紀末」を日本の「世紀末」として身体のメタモルフォーゼに仮託した言葉（詩）を体験している。

春はどこまできたか
春はそこまできて桜の匂ひをかぐはせた
子供たちのさけびは野に山に
はるやま見れば白い浮雲がながれてゐる。

（萩原朔太郎「青空　表現詩派」『青猫』）

「春がくるときのよろこびは／あらゆるひとのいのちをふきならす笛のひびきのやうだ／（略）／春がくる　春がくる／春がくるときのよろこびは　あらゆるひとのいのちを吹きならす笛のひびきのやうだ」（「春の感情」『青猫』）と、のちに『四季』にかかわる朔太郎も、東北で詩と童話を書いていた五歳下の宮沢賢治が望んだような「春」を歌った。大正期に入ると、民主主義的な自由精神が、ホイットマンやカーペンター、ヴェルハーレンなどによって詩の現実性（社会性）と平易性を語る「民衆詩派」（白鳥省吾、福田正夫、富田砕花、百田宗治）の運動をもたらしていた。しかし朔太郎のなかには、「世紀末」の芸術至上の予感のなかで、「日本の世紀末」の内部を生きている。と同時に、朔太郎の望んだ「東京」や「春」は、賢治を髣髴とさせる、人としての「修羅」の生活を背中合わせにもつものだった。

鬱蒼《うつさう》としげつた森林の樹木のかげで
ひとつの思想を歩ませながら
仏は蒼明の自然を感じた
どんな瞑想《めいそう》をもいきいきとさせ
どんな涅槃《ねはん》にも溶け入るやうな
そんな美しい月夜をみた。
「思想は一つの意匠であるか」
仏は月影を踏み行きながら
かれのやさしい心にたづねた。

（萩原朔太郎「思想は一つの意匠であるか」『青猫』）

朔太郎の詩は、赤城山と利根川を眺望する故郷と東京との往還生活を襲った関東大地震の影響をそれほど受けていない。朔太郎は、関東大震災があった年の翌年の一月になると、「郷土！ 私のなつかしい山河へ、この貧しい望景詩集を贈りたい」と、第四詩集『純情小曲集　北原白秋氏に捧ぐ』の「郷土望景詩」を書き始める。しかし、啄木を先輩とする宮沢賢治が短歌から出発し、詩と童話を同時に書き続けたように、朔太郎は白秋の影響下で、短歌から出発し、口語自由詩でありながら、近代の象徴詩ともいうべき詩とアフォリズムを同時に書いた。ふたりは、短歌立ちの詩人といってもいい。

おれはかんがへる
おれの長い歴史から
なにをして来たか
なにを学問したか
なにを見て来たか。

（萩原朔太郎「天路巡歴」『蝶を夢む』）

3　朔太郎の移動

朔太郎の移動する心性、「意匠」を取り出し「歴史」に接点を見出す朔太郎の営為は、「無」への言葉による追跡となる。朔太郎にとって、仏教的言語の詩的生成は、「仏陀　或は『世界の謎』」（『萩原朔太郎詩集』）そのものの生き様と等しい応身に対応する。釈尊の死後、説一切有部を経由して、小乗（ヒーナヤーナ）から大乗（マハヤーナ）の声聞、縁覚、菩薩の三乗思想から菩薩への「無」と結合する一乗思想へと思想的な転換がある。両者は、両義的で反転可能なタオ的双魚図である。

「厭世的な無為のアンニュイ、小乗仏教的な寂滅為楽《じやくめつゐらく》の厭世観」（「序」『定本青猫』）という、朔太郎自身の言葉がある。「世紀末」の芸術を頭のなかにいっぱい詰めこんだ、民衆詩的生活を否定する日本のアウトサイダーの詩魂である。故郷への反撥と、東京や西洋近代への憧れを背景にして、「無」の文学機械が移動する。朔太郎の「無」への追跡には、晩年の「文語詩」や「日本の回帰」へと突き進む鏡像がみえる。なぜならば「回帰」は、精神分析にみる「去勢」や「無」という欠如理論による精神活動と双魚図的な存在喚起力だからだ。朔太郎の「無」への追跡が深ければ深いほど、それを埋める精神活動が、故郷と東京との移動のなかに生起する。このとき、東京という「近代」の表層と深層部分は、大正期から昭和初年の時代と政治の集約された日本の「世紀末」の図と地の両義的場所であった。朔太郎は、微細な官能を反自然主義的に表象する詩やアフォリズムによって、自らの藝術精神と対話しつつ統合する言葉の苦難に出会っている。

文芸評論家磯田光一が最後に論じたのが、『萩原朔太郎』だった。磯田光一は「序章――ふたつの風景」で、朔太郎の作品世界にある「文語」と「宗教性」について述べる。一九二〇年代の東京と前橋の往還活動は、「第六章　青猫の顕現」以降、「第七章　故郷にありてゆかず」や「第八章　東京の憂鬱」、「第九章　馬込狂躁譜」や「第十章　氷島の周辺」、そして「第十一章　悲壮なる父」に該当するが、残念ながら『萩原朔太郎』は磯田光一にとって未完の書物となった。近代日本の「東京論」を終えた磯田光一は、朔太郎について詳細に書き進めたが、この論考の最後の章を書くことができなかった。「漂白者」朔太郎を実証的に地誌と資料で論証するこの作品について、吉本隆明は「磯田光一の朔太郎論が、このあとどう展開されるか、悲しいことにわたしたちは知ることができない」とし、次のように書いている。

> 朔太郎の前橋の地誌への惨たんたる帰還が、日本という地誌への朔太郎の作品と理念の帰還と重ねあわされて展開されたのではないかということだ。朔太郎への関心は、一般には近代詩の始祖朔太郎への関心に帰着する。それは、心理と病理との微細な陰影を、口語自由詩風に使われた日本語の表現で、はじめて可能にした詩人としての朔太郎という意味になる。

（吉本隆明「解説」磯田光一『萩原朔太郎』）

吉本隆明は、さらに「晩年の詩集『氷島』の漢詩読みくだし風の文語詩は、かれの詩的な挫折、折れ曲がり、後退として評価せざるをえなくなる」と書き、詩と批評を架橋する磯田光一の地誌論的な方法について、「そこでは磯田さんは、『漂泊者』という朔太郎像の概念を、〈地誌を横断し、連結するもの〉という意味に使っているとおもえる」と結んだ。

朔太郎の『青猫』は、最終的には、朔太郎自身が決定稿とする『定本青猫』に引き継がれるが、第二詩集が詩をかたどる表現の多様性を整理して、編集しようとする意志があった。『青猫』の最終の詩に、「軍隊」という詩がある。「ざっく、ざっく、ざっく、ざっく／お一、二、お一、二」の動きつつあるゲシュタルトのオノマトペが、東京と故郷を往還する朔太郎の詩作を読み込む磯田光一の脳裏に刻まれる。そこには、「民衆詩派」や世紀末文学の「芸術至上性」も、いまや遠のきつつある平和の光景が不安な時代の音とともに招来されている。

満州事変以後、重い時代が次第に響き渡る姿が、ふたつの地誌の連関と統合に反映されているようだ。群集（軍隊）の動性を描いたオノマトペは、やがていくつかの猫を表象する詩に展開され、『萩原朔太郎「猫町」私論』（清岡卓行）で、詳細に論証された散文詩的寓意小説に描かれた「猫」のイメージ表現が社会的大衆像の獲得となる。

逃走する
逃走する
あの荒涼とした地方から
都会から
工場から
生活から
宿命からでも逃走する
そうだ！　宿命からの逃走だ。

（萩原朔太郎「絶望の逃走」『蝶を夢む』）

朔太郎は何度も東京と前橋を往還する。「僕、最近上京いたしました。東京は我があこがれの灯の都。雪のふる夜も青猫の屋根を這ふ大都会。」と、青猫に自らを擬人化させながら朔太郎は手紙に書いた。東京（都会＝西洋近代＝世紀末芸術）への感じ方や考え方の様子が心性としてうかがえる。

朔太郎にとっての精神の地殻変動は、離婚に伴う都会生活の挫折による帰郷である。詩の「帰郷」は、妻との苦渋な別離を契機に、ふたりの娘とともに家郷（自然）と文語詩（あるがままの自然《じねん》としての歴史的言語記述）へと反転する移動である。福田和也はこの朔太郎の「家郷」に触発されて、『日本の家郷』を考察し、日本のモダニズムにある「虚妄としての日本」の心性にたどり着いている。

朔太郎は汽車に乗りながら、詩の推敲や詩集の編集作業をしていたのだろうか。移動によるリズムを感得しながら、圧縮（連合）や置き換え（連辞）の仕事を進めるが、父と前橋での生活から逃走する詩作の「影」ともなれば、東京での生活と原稿書きや詩作をする「光」ともなる。二極の「移動」には、身体論から発する詩の秘密が隠されている。移動による風景の変容体験を、慣性系として言語に変換（翻訳）する詩人がいる。そこに、やわらかい遊動性からの口語による精神の翻訳性が生起するようだ。朔太郎の詩の「帰郷」には、こうした遊動性からの文語への翻訳がある。晩年の『郷愁の詩人　与謝蕪村』や小泉八雲への関心も、同じく遊動性に力点を置いた対象への視点であった。

朔太郎は東京に戻ると、一度は「外」にほうり出された挫折からの生活の再建をはたす。母と妹と娘との晩年の生活は、『父・萩原朔太郎』や『朔太郎とおだまきの花』（萩原葉子）のなかで、素朴な生活者朔太郎の東京の実在の姿として、等身大の無頓着さが語られている。一家を支えなければならなかった朔太郎の父親像も、作品とは別の世界となって、世田谷での生活に透けてみえる。

朔太郎にとって、一九二〇年代以前の『月に吠える』と一九三〇年代の『氷島』以後の詩作とは、膨大なアフォリズムやエッセイとともに、一九二〇年代を真ん中に置いた両義的な心性の活動であった。そこに影を落としているのが「歴史」である。それは、朔太郎の「歴史」そのものへの現在からの対話によって、いまなおひとつの中心として語り残されている。

4　宮沢賢治の移動の時代とオノマトペ

一九二〇年代という歴史によりそって詩と童話を書いたのが、宮沢賢治である。『宮沢賢治の彼方へ』（天沢退二郎）からさらにその彼方へと現代から対話する序論としての本論も、一九二〇年代の東京とかかわりがある。

宮沢賢治の花巻と東京との往還も、人の移動にかんする文学と緊密に結びついた「近代」への憧れを示した移動であった。賢治にとっての東京は、父を始め一族の東京の「常宿」への移動という意味に近かった面がある。故郷と東京との往還による移動は、世界共通語のエスペラント語の「イーハトーブ」という東北の場所に収斂する詩と童話の世界へつながる。賢治のユートピア幻想が、妹トシへの挽歌と重なる。北海道から樺太にいたる地誌を詩と童話の世界とし、身体のミクロコスモスからマクロコスモスの時空を貫通する言語表現による開放系の宇宙創造として書かれている。

賢治にとって花巻から盛岡への動線も、大きな影響を与えていた。盛岡こそ、石川啄木が盛岡から北海道へと北紀行をなした起点である。小岩井農場から岩手山の風景と地誌がもたらす賢治の大切な文学的引用素を示すものだ。啄木の東京生活と同じように、都市がもたらす自由と「世紀末」の文化に浸された内面への力学の融合した心性があった。

賢治のそれほど長くない生涯にあって、東京滞在は九回である。評伝としてもすぐれた『年譜宮沢賢治伝』（堀尾青史）や実録的な読み応えがある『兄のトランク』（宮沢清六）などが、東京での詳細な生活の事項を記している。『兄のトランク』に語られる世界は、一九一〇年代から一九二〇年代という時代と賢治の移動そのものだ。

一九一八年十二月、妹トシの看病のため、翌年の三月まで滞在する。一九二一年一月、父親との宗教的な軋轢による突然の無断上京は、その年の九月まで続いた。むかえに来た父親の慫慂もあって、その後関西に赴くと、京都や奈良、そして比叡山の延暦寺を参詣する。賢治は関西からの帰途、箱根を徒歩で越えた。この期間から妹のトシが亡くなる直後の期間が、賢治の深層の無意識から溢れ出る詩と童話が生まれる時間である。一九二四年四月、詩集『春と修羅』の刊行。同年十二月、童話集『注文の多い料理店』の刊行。これが、生前なされた二つの出版である。

賢治には「東京」と題されたノートが残されている。そこに、一九二八年代の日付を付した九編の詩がある。「浮世絵展覧会印象」「高架線」「神田の夜」「自働車群夜となる」「公衆食堂（須田町）」「孔雀」「恋敵ジロフォンを撃つ」「丸善階上喫煙室小景」「光の渣」の詩の草稿であるが、未推敲のまま残されていた。

一九三一年、最後の上京。発熱により帰郷。

賢治の第一詩集は、『心象スケッチ　春と修羅　大正十一、十二年』と名づけられたが、「序」の詩は、すべての詩の制作と配列が終った後に、全体の総括として書かれている。冒頭詩のこの「序」こそ、関東大震災があった、翌年の一月に書かれたものだ。

序

わたくしといふ現象は
仮定された有機交流電燈の
ひとつの青い照明です。
（あらゆる透明な幽霊の複合体）
風景やみんなといっしょに

せはしくせはしく明滅しながら
いかにもたしかにともりつづける
因果交流電燈の
ひとつの青い照明です
（ひかりはたもち　その電燈は失はれ）

これらは二十二箇月の
過去とかんずる方角から
紙と鉱質インクをつらね
（すべてわたくしと明滅し
　みんなが同時に感ずるもの）
ここまでたもちつづけられた
かげとひかりのひとくさりづつ
そのとほりの心象スケッチです

（宮沢賢治「序」『心象スケッチ　春と修羅』）

賢治にとって、東京への視線は、北の盛岡への迂回を通じて醸成されていた「外部」への眼差しである。若き朔太郎が熊本から関西の地勢を移動したように、賢治の移動は、花巻と盛岡との往復運動が原点にあった。賢治の北への紀行は、さらに北海道から樺太を巡る。当時の樺太は、大正期の満州を中心としたポストコロニアル文学の対象となる地勢である。

東北の出身の井上ひさしに、『イーハトーボの劇列車』という作品がある。「そこは大正十五（一九二六）年十二月二日の青森発上野行き上り二〇八列車の三等車の車内」という戯曲だ。賢治の移動と東京滞在に、ドラマの核心がある。「宮沢賢治の生涯における合わせて九回の上京と東京滞在のうちに、賢治という人間と作品の世界を集約してしまおうという奇想天外な方法」（扇田昭彦）と評価された。

長距離列車に乗って、賢治は詩の表現や童話のプロットを考え、大正から昭和へのユートピアへの幻想について考えていたのかも知れない。時代は、現在からみたとき、「歴史」として閉じたり開いたりする。「人びとが語ったこと、語らなかったこと、つくり変えてきたことを説明する歴史的条件の分析が、わたしの問題である」（『真理の歴史』桜井直文訳）とミシェル・フーコーは書いている。一九二〇年代の都会を現在からの対話によって解読しようとする。啄木が書いた「時代閉塞の現状」は、大逆事件以後の閉塞する直前のグローバルな時代と東京を反映しているようだ。

　賢治の童話の広大なスケールや詩の鷹揚な悠長さは、長い汽車の旅によって培われた「移動」による身体論的な時空間（物語性）ではないだろうか。荷物は原稿とともに、大きな「兄のトランク」にはいっている。わずかな東京での滞在で、熱に浮かされたように童話を書いた。賢治の生活のうえで、詩と童話は、生活倫理とそれを支える宗教倫理をともなうものである。一方で、自然科学を基盤とする「農民藝術概論綱要」や「羅須地人協会」にみられる現実の東北の農本的な生活と接線を結ぼうとする。ここには、宗教と科学が混在する時代の影がうかがえる。

　賢治の科学は、天文学や鉱石や植物など、地盤の発掘調査から得た元素への接近でもあった。表象された引用素には、地水火風の四大元素が根源にある。「風の又三郎」では「風」のイメージが強いが、作品を四大から六大へと敷衍する姿である。地・水・火・風・空・識の物質的想像力は、直観的な宇宙の発見となり、想像された銀河系宇宙感覚としての空間性を言語表現に獲得した。

これらについて人や銀河や修羅《しゅら》や海胆《うに》は
宇宙塵をたべ　または空気や塩水を呼吸しながら
それぞれ新鮮な本体論もかんがへませうが

それらも畢竟《ひっきょう》こころのひとつの風物です
ただたしかに記録されたこれらのけしきは
記録されたそのとほりのこのけしきで
それが虚無ならば虚無自身がこのとほりで
ある程度まではみんなに共通いたします
（すべてがわたしの中のみんなであるように
みんなのおのおののなかのすべてですから）

（宮沢賢治「序」『心象スケッチ　春と修羅』）

第一詩集の「序」には、春そのものの文字は、タイトル以外にはない。しかし、「修羅」の言葉は、二度出てくる。「序」の後に収める「春と修羅」の詩では、「まことのことばはうしなわれ／雲はちぎれてそらをとぶ／ああかがやきの四月の底を／はぎしり燃えてゆききする／おれはひとりの修羅なのだ」と一行ごとに段差編成があり、「おれはひとりの修羅なのだ」のフレーズや「修羅」の詩語が何度も反復される。ここには、「地獄」「餓鬼」「畜生」「修羅」「人間」「天」の言葉の音とイメージが、六道の闇夜の「修羅」に収斂しつつ、賢治の精神的エネルギーのなかで、終末観とともに

「世紀末」思想として重層する。

賢治が生まれてまもなく、東北地方に陸羽大地震が起こった。三陸地方は、巨大な津波に襲われていた。賢治が亡くなる年には、昭和地震が起こり、このときも海岸線が津波に襲われた。それらのモニュメントは、東日本大震災によって再発見されるという逆説的な歴史でもあったが、三・一一の傷跡とともに、いまなお語り継がれている。

賢治にとって、関東大震災の影響はそれほどみることはなかったが、東北の自然災害による惨状は、大きな影響をその思想と行動に与えている。父の職業への反撥だけではなく、東北の生活や仕事から考え出された思想が、賢治のなかで同一性としてみえてくる。当時の東北の津波や冷害や水害が実際に起きるなかで、賢治は呻吟した。厳しい大自然のもとで、東北地方をたびたび襲った津波や飢饉や災害、食糧難などに出会うと、そこに農民の原像を人間の修羅としてみている賢治がいる。東北地方の災害や飢饉なくして、賢治の想いと行動は理解できないだろう。

草野心平から高村光太郎や谷川徹三を始め、入沢康夫、天沢退二郎、吉田文憲など、宮沢賢治の全詩にかんする多くの論者をみる。『定本　宮澤賢治語彙辞典』（原子朗）などもあり、この本の巻末の「賢治旅行行動図」では、賢治の北限は北海道から宗谷海峡を渡って、南樺太の栄浜までであり、西限は大阪である。

賢治の初版本は写真で知るのみであるが、当時この詩集を評価したのは、「銅鑼」の草野心平であり、後の「月曜」創刊号に賢治が童話を載せることになる尾形亀之助である。みな東北の出身者だった。

山形の旧制米沢高等工業学校に学んだ吉本隆明の『宮沢賢治』は、「手紙で書かれた自伝」に始まり、「第V章　喩法・段階・原型」と「第VI章　擬音論・造語論」でくくられるが、巻末には「擬音表」と「人名・地名造語表」が添えられている。この『宮沢賢治』には、浄土教に親炙し、「化学」を学ぶ吉本隆明が、初期には賢治の影響下と思われる「智度論」の詩である「巡礼歌」を書き、若き日から読んだ賢治にかんする宮沢賢治論や『悲劇の解読』に収められた「宮沢賢治」とは異なった批評眼がある。過激な日蓮の思想と行動、とりわけ法華経についての大乗仏教を基盤にする考察と、独特のオノマトペ（擬音語）や詩的造語についての観察が特徴である。

ところで、この巻末の表に関連することだが、『宮沢賢治のオノマトペ集』（栗原敦監修）などの本も、出版されている。「どっどどどどうど　どどうど　どどう、／青いくるみも吹きとばせ／すっぱいくわりんもふきとばせ／どっどどどどうど　どどうど　どどう」（「風の又三郎」）。賢治のオノマトペや造語は、稀有な詩の表現空間と連関する。その量は、膨大な製作量であったが、ここで思い出すのが、「ざら　ざら　ざら」「ちら　ちら　ちら」「ぎょ　ぎょ　ぎょ」や「ぴよ　ぴよ　ぴよ」

「ぶむ　ぶむ　ぶむ」「てふ　てふ　てふ」などの朔太郎の世紀末的なオノマトペである。
オノマトペは、写真や映画やラジオとともに、当時の時代の表層を表現する動的な芸術的技術の方法であった。

5　自然災害と仏教思想

詩集『春と修羅』は、茶系の装丁である。賢治は「春と修羅」にふさわしい青色の表紙を希望していた。『注文の多い料理店』の挿画を描いたのが、柳宗悦や河井寛次郎に親炙する棟方志功である。当初は、題名に「山男の四月」を予定していたが、出版の遅れのため「注文の多い料理店」と変更された経緯がある。

「序」の最後のフレーズは、次のようである。

すべてこれらの命題は
心象や時間それ自身の性質として
第四次延長のなかで主張されます
大正十三年一月廿日　宮沢賢治

ルドルフ・オットーの『聖なるもの』や、日本に来日して奈良のホテルでピアノを弾いたアインシュタインのブームがあった。その影響を賢治も受けているといわれる。「聖なるもの」の宗教学と「動的な時間」を解析する相対性理論の物理学が詩と童話を特異なものにしている。そこには「彼方へ」や「余白」という身近なミクロコスモスの概念から「四次元」や「宇宙」へと遠心性をもつマクロコスモスの開放性への志向がみられる。賢治の詩的言語の彼方へと思考することは、この両者が統合される想像力の心性を余白に読むことだ。大乗仏教による「法華経高次時空論」が大宇宙との合一を想起させ、そこには想像力のボーダーを突き抜けるものがある。

　上野にある国柱会の本部を訪ねた賢治は薦められて、童話によって大乗思想を具現するための「法華文学」を志向する。法華経系の国柱会は、田中智学によって創設された団体である。入会後の賢治は、送られてきた「十界曼荼羅」を本尊にしていたことが知られている。父親は地方の盟主であり、仏教による自己陶冶に関心があった。賢治は幼い頃から、浄土真宗の素養を身につけていた。寺とも縁があり、禅寺での下宿や参禅、夏季の講習会では、清沢満之の弟子の暁烏敏や島地大等（編著『漢和対照妙法蓮華経』）など、賢治研究家の堀尾青史による年譜に追加された資料から察すると、当時の新仏教運動のなかにあって、そうそうたる仏教界のメンバーからの話を聞いている。

賢治と仏教については、『岩波講座　日本文学と仏教』の第十巻「第二章　宮沢賢治」（丹羽俊夫）に詳しいが、梅原猛によると、賢治の信奉する法華経とは、天台宗から持続するものであるようだ。賢治は、「法華経」の第十六「如来寿量品」に魅せられたが、父に連れられて比叡山延暦寺へも参拝していた。

　そこでは、大宇宙と曼荼羅（如来像）と釈尊は、三身にして即一である。三身論は、キリスト教の父と聖霊と子（イエス）の三位一体と比較されるものだ。法身（宇宙・自然・大地）と報身（仏像・仏画・聖詩・言葉・比喩）と応身（釈迦そのものの仏身）による即一の世界は、東北の自然と東京からきた十界曼荼羅と、精進によって菩薩とならんとする賢治の修行する姿に対応するものである。

　宗派仏教としては、真宗と日蓮宗の関係には、アポリアがある。明治になると、これまでの漢訳からサンスクリット語やパーリ語による直接的な原始（初期）仏教研究によって、江戸期までの大乗仏教が再検討された。『仏教』（吉田久一）に網羅される、浄土教、禅、法華経のそれぞれの立場から日本近代における大乗仏教自身の批判と再評価がなされた時代である。そこには、倉田百三の『出家とその弟子』（一九一六）など、親鸞の『歎異抄』の再評価による「新親鸞主義」の台頭もあれば、法華経の再解釈もあった。『大正新脩大蔵経』は、一九二四年（大正十三）から一九三四年（昭和九）にかけて欧米に留学した高楠順次郎と渡辺海旭の監修で刊行された。渡辺海旭は、関東大震災によって、自坊の西光寺とともに、ほぼ完成していた「孔雀王経」や「理趣経」の研究にかんする書籍や資料のすべてを焼失した。その後、弟子の長谷川良信とともに、仏教主義による社会事業や教育事業へと転回する（前田和男『紫雲の人、渡辺海旭』）。こうした「反近代」のなかの「近代」が、進行形の「近代」と遭遇するさまは、欧米の「世紀末」が日本の「世紀末」となって混沌とする一九一〇年代から一九二〇年代の思想の混交状況をよく現すものだ。ポスト・モダニズムの彼方である現在からの対話によって、「生ける（流れる）現在」として見出すことができる。

関東大震災による東京の喪失から帝都の再建への道筋が始まる。そのとき、同時に無政府主義や社会主義思想が芽生え、裾野を広めていた。

農業にかかわる賢治も時代の影響を受け、「おれたちはみな農民である」という「羅須地人協会」の文化主義に接近していた。時代がナショナリズムの高揚期になると、軍人精神と軍部の戦略を法華経によってつなごうとする石原莞爾へも影響を与えた国柱会では、国家主義的な考え方が強調されてくる。そうしたなかでも、賢治はあくまで童話作家であった。帰るところは、日本主義ではなく、開かれた生活圏としての東北の地である。「下の畑にいます。　賢治」という掲示板には、「世界がぜんたい幸福にならないうちは個人の幸福はあり得ない」というユートピアの世界と農本主義的な故郷をつなぐ大乗仏教の精神がある。石原莞爾が、満州国や最終戦争論によって、国家（国体）

という共同幻想に自己同一化していくのに対して、賢治には、庶民への慈悲心はあったが、共同幻想との同一化は限界をもっていた。

戦後、賢治の故郷で、高村光太郎が自炊の生活にはいる。そのころ空襲で焼け残った倉のなかから、行方のわからなくなっていた「春と修羅」の生原稿が発見される。

6　朔太郎と賢治、ふたりの「世紀末」

一九三〇年代という時代は、かつて十五年戦争といわれた戦時期に直接的につながり、全体として、反省的に論ぜられることが多かった。しかし一九二〇年代は、未熟ではあるが、大正と昭和期にまたがる生成の途上の時代として、現代がもう一度その歴史から学びなおすことのできる問題点と経験知を内蔵する時代である。

関東大震災の時代を生きる朔太郎と賢治の姿が、一九二〇年代という時代の層とともにみえる。ふたりとも、東京の郊外と東北という場所に出自と磁場を占めた詩人だが、ふたりの相互の直接的な影響はそれほど多くはなかった。朔太郎も賢治も、震災後の東京を訪れている。賢治は、朔太郎の『月に吠える』を知っていた。朔太郎の詩やマンドリンに関心があり、影響も受けている。

ふたりの年齢差は、朔太郎が五歳年長だった。ふたりには、互いにエディプス（父なるもの）に抑圧された、ともに長男であるにもかかわらず、父の職業を継げなかった現実からくる修羅がある。東京に出てくると、そこでふたりとも、日本におけるヨーロッパ世紀末を体験した。「最近の文学、大正以来の日本文学は、十九世紀後半のヨオロッパ文学の強い影響というものを除いては、殆ど考えられない」（小林秀雄「歴史と文学」）。時代は、西洋文化が怒涛のように入ってきた時代である。白樺派が西洋社会の世紀末を吸収したように、第一次大戦後のモダニズムと社会主義思想が混交したアヴァンギャルドの芸術革新運動も、日本社会に象徴主義から内的に持続する表現主義の多様な微分として浸透しつつあった。

朔太郎は、街並みの風景と橋に関心をもっていた。賢治は、広場の公共精神と市民意識に関心を示していた。赤城山の朔太郎のギターとマンドリンは、岩手山の賢治のマンドリンとチェロに等しいにちがいない。クラシック音楽とヨーロッパ経由の当時の浮世絵を好んだ賢治。そこに「西欧」の「世紀末」があり、「日本の世紀末」の「近代」があった。父親世代の西洋医学を取り巻く合理主義の科学と「世紀末」的なモダニティと東北のヴァナキュラーな民俗文化とが重層している。

朔太郎が晩年に文語詩を書いたことが、なにかと問題として論じられることがある。時代の先端に立つ前衛という芸術傾向を旨とする進歩的な観点からすれば、否定的な事柄のようだ。例えば伊東静雄は戦前に『春のいそぎ』の文語詩集を出している。清岡卓行は中国の大連にて『円き広場』に収められる漢文調の文語詩を書き、後に詩集として評価を受けた。賢治も短歌を書いてきたが、初期から文語詩を書いた。晩年になると書道を習い、文語詩の推敲と清書を亡くなるまでおこなっている。文語詩をめぐる難問も、ふたりに共通した点である。さらに賢治は、既視感が宇宙の時空へ展開する『銀河鉄道の夜』や人類の救済と自己犠牲を示す『グスコーブドリの伝説』の推敲を重ねていた。鹿踊りの民俗性を後背地として、我が身をかえりみないほどの献身によってふらふらとなった賢治は、鳥谷ヶ崎神社の祭礼をみつつ、最期の床についた。

7 「有」の詩人と「無」の詩人

ふたりの同一性と差異の核心こそ、「意識と存在」や「無意識と理性」や「物と世界」についての存在論的事実にかかわるものである。賢治は、大乗的な「有」であり、空から降る光り、大地の重力、内から湧き上がる創意や洞察、宇宙の有機的次元、生命の豊穣と大乗仏教の世界を背景とした文学世界をもっていた。そこには、身体のミクロコスモスを宇宙のマクロコスモスへと展開し、開放していく遠心性がある。開かれた社会と自然があり、正の開放系となって、時空間形成の開かれた道筋がある。何かを肯定しようとする精神による、生成する近代の言語による詩だ。そこに、現代詩の言葉に通ずるものがある。

そらにはちりのやうに小鳥がとび
かげろふや青いギリシヤ文字は
せわしく野はらの雪に燃えます
パッセン大街道のひのきからは
凍ったしづくが燦々《さんさん》と降り
銀河ステーションの遠方シグナルも
けさはまっ赤に澱んでゐます
川はどんどん氷《ザエ》を流してゐるのに
みんなは生《なま》ゴムの長靴をはき
狐や犬の毛皮を着て
陶器の露店をひやかしたり
ぶらさがった章魚《たこ》を品さだめしたりする
あのにぎやかな土沢《つちざは》の冬の市日《いちび》です

（宮沢賢治「冬と銀河ステーション」『春と修羅』）

朔太郎は小乗的な否定性の詩人であり、ニヒリズムの「無」の詩人である。明滅する太陽光とせわしなく変わる重力、非道理な時空に動揺する宇宙、不毛の生命による文学世界が時に「有」に暗転する。「空」は、「有」でもなく「無」でもなく、「有」であり「無」でもあるパラドックスに彩られた「生ける（流れる）現在」の限界性と自己矛盾を反映している。

この何かを否定しようとする精神によって生成された近代詩は、現代性としての詩とかかわると語られてきた。ショーペンハウエルの『意志と表象としての世界』や原始仏教を読むニーチェの『ツアラトゥストラ』を通過した「無」を志向する詩である。朔太郎は、自己イメージを詩の形象によって確認するとき、まるで幼年期にかかわる鏡像段階を生きているかのように、自然や対象との距離を推し量りながら、憂鬱のなかに「無」と「有」が反照する心性の自画像を描いている。

涅《ね》槃《はん》は熱病の夜あけにしらむ
青白い月の光のやうだ
憂鬱なる　憂鬱なる
あまりに憂鬱なる厭世思想の

否定の、絶望の、悩みの樹蔭にただよふ静かな月影
哀傷の雲間にうつる合歓《ねむ》の花だ。

（萩原朔太郎「涅槃」『蝶を夢む』）

「このながい烟筒《えんとつ》は／をんなの円い腕のやうで／空ににょっきり／空は青明な弧球ですが／どこにも重心の支へがない／この全景は象のようで／妙に膨大の夢をかんじさせる。」（「青空　表現詩派」『青猫』）。生理から感受された事象への求心性は、詩による閉じた「無」と自然との交感である。「無」に帰するところから開かれた「有」の世界へと円環する肯定だ。「有」と「無」の磁場は、深層意識（無意識）の「マナ識」と「アラヤ識」のなかで円環する。異色ともいえる朔太郎の『青猫』と賢治の『春と修羅』が、同時期に出版されたことの偶然性に改めて驚かされる。

賢治の「有」は、宇宙にあいわたる三身論の論証が可能であり、朔太郎の「無」は、この地上から星を見る否定による応身論である。山を登り、畑のあぜ道を散歩して歩行する賢治には、汽車の慣性系のなかで、動と静に身を任せつつ、夢想する精神と身体の二重性が特徴である。そこには、鏡像段階を生きつつ、「私は足で考えます。足だけが何か堅いものに出会うのです」（『考える足』向井雅明）と語るラカンの足の問題として語られる観念と存在の言語活動の統合があるのだ。

朔太郎も、街や公園を歩く歩行による確認と憤怒さえも言葉としつつ、汽車の移動による心身の二重性をもっていた。この二重性のなかから、賢治の詩と童話が、朔太郎の詩とアフォリズムが生成した。歩行しながらより考えるために、移動のなかに心身の自動性（構造としての無意識）に預ける。断念が、慣性系の時間のなかに溶けこんでいくと、その姿には、より宇宙のマクロコスモスへの想像力を羽ばたかせる姿がみえる。賢治の「デクノボウ」もいれば、より自然そのものと四季の循環に近づく言語革命者の朔太郎もいる。そこに相互の生活圏で浮き彫りにされる二重世界内存在としての修羅の世界がみえるのだ。故郷には、岩手山も赤城山もそびえている。その先にあるのは、ひとつの照明のような生物体の「宿命」の自画像である。

詩人は個的存在の世界を生き、類的存在の宇宙を相手とする。「世界は、成立していることがらの全体である」（ヴィトゲンシュタイン『論理哲学論考』）。万象は、心身の感受による総合的な結晶解釈の言葉として、具体的文章のかたどりとなった詩の表象にみえてくる。

8 「垂直性」と「水平性」

今からほぼ百年前に当たる一九二〇年代の東京にとって、朔太郎も賢治も、身体の延長による交通の移動によって、東京という西洋社会の文化芸術を摂取するための開かれた磁場を求めていた。

そこには、時代の暗雲とともに閉じた磁場も重層する。社会的には、関東大震災とそこからの復興地図は、太平洋戦争の東京空襲による壊滅の絵図が、すっかりと重なるようだ。『写真で見る関東大震災』（小沢健志編）や『関東大震災』（吉村昭）、『東京灰燼記　関東大震火災』（大曲駒村）、『関東大震災　１９２３年、東京は被災地だった』（東京防災救急協会）のように、天災としての「関東大震災の記録」があり、『マッカーサーの日本 1945-1951　カール・マイダンス写真集』にみる政治的な人災である「東京大空襲の記録」が想起される。

『聖三稜玻璃』（山村暮鳥）と同時代である朔太郎は、詩を書くことを中心にして、膨大なアフォリズムとエッセイを書いた。芥川龍之介が「蜘蛛の糸」を寄稿した「赤い鳥」（一九一八）の創刊された時代に賢治は、詩とともに、多様な童話を書いた。

　ふたりが、詩だけではなく、それぞれにエッセイと童話を書いた意義も強調できる。朔太郎の実生活と藝術と、賢治の実生活と藝術との関係が、反自然主義的でありつつ、耽美派や民衆詩派とも位相を異にして、「世紀末」の「日本近代」の空気を呼吸していることが共通している。大逆事件以後の宗教的なエネルギーとかかわる詩の自由な運動として、末法思想や「世紀末」の空気が流れ込む時代の影響を受けた宗教の「有」と「無」の問題であろうか。ふたりにとっても、自己表現を内から突き上げる超越性（垂直性）の「有」と「無」の両極が、水平的な交換の移動する心身統合の垂直性のなかで、それぞれの自己表現とジャンルの横断をはたしていた。

Ⅷ　一九二〇年代という世紀末

これまでみてきたように、一九二〇年代とは、今日の文化をも準備した、日本近代の世紀末とも言うべき時代であった。ヨーロッパからさまざまな潮流がもたらされ、詩人たち、文学者たちの運命を定めていった。ある者たちにとっては、来る第二次世界大戦への姿勢と戦後の実存のありようにも、この時代のくぐり方が深くかかわることになった。一九二〇年代の東西の文化風景を改めて確認し、二〇二〇年の今日からいかなる歴史をつむぐことができるのか、最後に確認しておきたい。

1　混沌とする文化状況のなかで

一九二〇年代は、第一次世界大戦が終わってなお混沌とする時代であった。一九二〇年代を歴史として取り上げた作品である清岡卓行の大作『マロニエの花が言った』も、両大戦間のパリに花開いた芸術家の群像とその青春を描いたものだ。藤田嗣治夫妻や岡鹿之助、金子光晴夫妻や九鬼周造、シュルレアリストのロベール・デスノスや写真家マン・レイが活躍する両大戦の戦間期、最も魅惑的な文学芸術の空間である一九二〇年代のパリだ。「関東大震災が待っていた東京」の章では日本的内発性、外国からの影響、そしてその中間に位置づけられた作品が、世界同時性として取り上げられている。

ここでヨーロッパの一九二〇年代に目をむけてみる（矢代梓『年表で読む二十世紀思想史』参照）。ヨーロッパでは、政治的な戦後処理と市民の生活の復旧が次第に進み、都市を中心とするモダニズムの動きが顕著となってくる。

第一次世界大戦による深刻な状況と戦後の廃墟と傷心からの復興のなかには、さまざまな思想の萌芽があり、文化的にはアール・デコの時代をむかえていた。一九二一年、フォルマリストのローマン・ヤコブソンは、プラハで「最も新しいロシアの詩」の詩的言語の存在を発表する。翌年には、パリのシェイクスピア・アンド・カンパニー書店から、『ユリシーズ』（ジェイムズ・ジョイス）が、季刊詩誌『クライテリオン』には、「荒地」（エリオット）が、ともに発表された。この年は改造社の招きで、アインシュタインが来日した年でもある。関東大震災の一九二三年には、『歴史と階級意識』（ジョルジュ・ルカーチ）が、ベルリンの出版社から刊行される。北一輝の『日本改造法案大綱』が刊行されたのも、この年である。

一九二四年になると、十八歳のユダヤ系女子学生のハンナ・アーレントがマールブルク大学に進学しハイデッガーに出会う。同年には、『魔の山』（トーマス・マン）が刊行されている。普通選挙法と治安維持法が施行された翌年の日本では、柳田國男の雑誌『民族』が発刊され、民俗学と民族学の活動を連結しようとした。時代の先をいくモダンガールとジャンルを超えたコラボレーションが、復興する東京の文化の風景である。

翌年の一九二五年には、ソ連でトロツキーが失脚し、ドイツのナチ党がミュンヘンで再建される。そうしたなかで、パリでは「アール・ヌーヴォー」から「アール・デコ」へと、古き良き時代の「ベル・エポック」の再来を強く印象づけた「現代装飾・工業美術国際展覧会」が開催されていた。ラリックのクリスタル細工、エッフェル塔とセーヌ河岸に浮かんだ川舟、ココ・シャネルの登場とシャンゼリゼ劇場の黒人レヴュー。

アンドレ・ブルトンの『シュルレアリスム宣言』と「溶ける魚」（一九二二）に続くように、一九二六年には『パリの農夫』（ルイ・アラゴン）が刊行されていた。大都市のパリを舞台に、コラージュ技法を駆使しつつ、非日常的で夢幻な世界の詩的な自動記述による構築である。日本では、三木清の『パスカルに於ける人間の研究』が刊行される。翌年になると、ヴァルター・ベンヤミンが、パリに移住して滞在した。『一方通行路』から『パサージュ論』の構想を練りながら……。

その頃、日本では、『こころ』（夏目漱石）他二十二点の岩波文庫が刊行され、春秋社の『世界思想全集』、雑誌『労農』の発刊が相次いでいた。日本一の盛り場となった浅草の賑わいは、まさにいま焼失からの復興の途上にあった。

翌年の一九二八年、日本では『言語学原論』（ソシュール、小林英夫訳）が刊行されるが、大戦後、『論理哲学論考』（一九二二）を書いたルートヴィヒ・ウィトゲンシュタインは、思想的な転回の時期をむかえていた。小学校の教師から修道院の庭師や建築家などの職を転々としていたが、翌年ケンブリッジ大学に復帰する。後期哲学の始まりである。

折口信夫の『古代研究』が刊行された一九二九年から一九三〇年は、ソ連でスターリンの独裁体制が確立し、ドイツではナチ党の大躍進の時代である。そうしたなかで、ウォール街では、暗黒の木曜日、株価の大暴落があった。一九三一年には、中国奥地で満州事変が勃発する。

一八九〇年代から第一次大戦までのベル・エポック（良き時代）の円熟した「世紀末」芸術活動を内在的に持続しながら、さまざまな芸術家によって展開したモダニズムの動きは、パリやロンドン、ニューヨークやモスクワ、そして、ベルリンやウィーン、日本や香港のモダン都市の光と影を基盤とする市民生活のなかに共時的に生まれ出てきた。

こうしたモダニズムの熱い坩堝のなかに顕著な項目を再度写し取るとすれば、ブルトンとアラゴンの「文学」、第一回ダダイスト国際会議、シェーンベルクの十二音技法、バウハウス展、ブルトンの『シュルレアリスム宣言』、パリでの最初のシュルレアリズム展、マリネッティの『未来主義とファシズム』、チャップリンやエイゼンシュタインの映画、ガーシュインの「ラプソディー・イン・ブルー」や「パリのアメリカ人」、やや遅れるが、ヴァルター・ベンヤミンの『図説　写真小史』と『複製技術時代の芸術』、アメリカ人作家ヘミングウェイやフィッツジェラルドの活躍、ピカソやブラックのキュビズムの作品など枚挙の暇もない。

政治が急速に転回してゆく時代でもある。当時、敗戦国であるイタリアでは、ファシスト党を結成したムッソリーニがローマ進軍を行い、ドイツでは『わが闘争』（一九二五）を書くヒトラーのナチス党が、第一次大戦後のワイマール憲法下の民主主義体制のもとに勢力を拡大していた。

また、一九二二年には、今は「ロシア」となったが、ソヴィエト社会主義共和国連邦がモスクワに樹立されていた。その年の二月には、エジプトがイギリスからの独立を起こす。北方では、イェイツやモード・ゴンもかかわることになるアイルランドが、同じくイギリスから独立していた。嵐を呼ぶ共産主義運動の広がりと民族独立の動きのなかで、革命とファシズムの思潮とともに、モダニズムの活動が展開された時代である。

　翌年（一九二三年）八月になると、ドイツが大インフレーションに見舞われている。当時の日本人留学生の手紙には、このインフレーションの様子が切々と書かれている。その年九月、関東大震災が起こる。彼ら留学生も多くが帰国を余儀なくされた。関東大震災こそは、本書でみてきたように一九二〇年代を深く画する出来事だった。

　永井荷風の日記『断腸亭日乗』の「九月朔《ついたち》」には「日まさに午ならむとする時天地忽《たちまち》鳴動する。」、「書巻を手にせしまま表の戸を排《おしひら》いて庭に出でたり。数分間にしてまた振動す。身体の動揺さながら船上に立つが如し」、「ホテルにて夕餉をなし、愛宕山に登り市中の火を観望する。」ここにある「書巻」とは、荷風が毎日記していた後に『断腸亭日乗』に結実する日記のことである。

　やがて室生犀星や芥川龍之介を恩師とする堀辰雄は、そのとき隅田川で愛する母を失っている。幸いにも西脇順三郎は前年の七月、萩原朔太郎の『月に吠える』とニーチェの『ツァラトゥストゥラ』を持参して、神戸から北野丸に乗船し、イギリスへとむかって、そこに滞在したまま、「世紀末文化」から湧き出す大戦後の「モダニズム」の坩堝のなかで、十八世紀以来成立したヨーロッパそのものを経験していた。オックスフォード大学の入学手続きに間に合わなかった西脇順三郎は、関東大震災の秋までロンドンの街で、モダニズムの文学運動に接していた。

関東大震災の年の秋遅くの日本では、京都で中原中也が『ダダイスト　新吉の詩』とモダン・ガール長谷川泰子に出会っている。やがて谷崎潤一郎の「ナオミ」現象も起こるが、パリでも東京でも、カフェーの踊子たちに、社会全体が夢中になった時代である。それは明らかに、ヨーロッパ文学との同時代性を獲得した日本の「世紀末」の状況を示す象徴だった。高橋新吉は当初、ダダイズムのモダニズムから出発するが、次第に詩集『空洞』やエッセイ集『禅に遊ぶ』や『禅に参ず』、そして『禅に習う』三部作にみるように仏教色を強めていく。中也は、故郷山口の実家がカソリックであったが、その音楽性と感受性ある体感的な詩には、ランボーやその他のヨーロッパ詩のモダニズムとともに、宗教的エートスが、色濃く投影されている。

東京では、萩原朔太郎の『青猫』が震災前から出版の準備が進められ、その年の一月に出版されていた。翌年の一九二四年、東北の宮沢賢治の『春と修羅』が出版され、さらに翌年の関西では、京都寺町の果物店で買ったレモンが、丸善の画集の堆積の上で、爆弾のように感じられるという梶井基次郎の『檸檬』が「青空創刊号」に掲載された。

関東大震災のために、四十歳になる谷崎潤一郎や若き日に「ウィリアム・ブレイク研究」をする柳宗悦など多くの文化人が関西に居を求め、小説を書いては、志賀直哉に送っていた小林秀雄は、海軍の船を乗り継いで鎌倉の母親を見舞っている。その後の多くの作家による「鎌倉文士」の形成が始まる。

震災のために、島崎藤村の『夜明け前』も堀辰雄の『聖家族』も三好達治の『測量船』も、二〇年代の後半までその完成を待たねばならなかった。完成まで二十五年の歳月を要した志賀直哉の『暗夜行路』の前篇が、中国地方の最高峰大山の夜明けのシーンで完成したのは、関東大震災の前年であった。関東大震災により、『白樺』は八月号で終刊している。翌年の夏、志賀直哉は、小林秀雄の訪問を受ける時期と重なるが、その後、まるでリルケがそうであったように小説の続きを書きあぐんでしまう。『暗夜行路』の後篇は一九二二年（大正十一）の一月から一九三七年（昭和十二）の四月まで、なかなか完成しなかったのだ。

第一次大戦中、ほとんど詩作ができないでいたリルケは、一九二三年に『ドゥイノ悲歌』をようやく書き上げることができた。翌年には、トーマス・マンの『魔の山』が出版され、さらには、マルセル・プルーストの『失われた時を求めて』、D・H・ロレンスの『チャタレー夫人の恋人』、マルタン・デュ・ガールの『チボー家の人々』が、時を同じくして堰を切るように発表される。

「現代は本質的に悲劇の時代である。だからこそわれわれは、この時代を悲劇的なものとして受けいれようとしないのである。大災害が起り、われわれは廃墟の真っただなかにあって、新しいささやかな棲息地を作り、新しいささやかな希望をいだこうとしている。それはかなり困難な仕事である。いまや未来に向かって進むなだらかな道は一つもないから、われわれは、遠まわりをしたり、障害物を越えて這いあがったりする。いかなる災害が起ったにせよわれわれは生きなければならないのだ。」(『チャタレー夫人の恋人』第一章、伊藤整訳)と小説の冒頭に書かずにいられなかったD・H・ロレンスの時代こそ、第一次大戦後の傷痕からの人間性の回復をめざすものであった。

そこには、人間の思想としての「近代」を超え、「あるがまま」の自然にせまるものがある。まさにこの時代は、「世紀末芸術」を持続する第一次大戦の傷痕や戦争末期を襲ったスペイン風邪の猛威から生まれた偉大なる作品と、新しいモダニズムの生成による芸術諸般にわたる共時的、重層的な芸術の時代である。と同時に、それは現代思想が生成する時代の坩堝でもあった。

2　歴史と文学

東京の田端の文士村に居を構えていた芥川龍之介は、当初、仏教説話である『今昔物語』などの古典ものやキリシタンものなどの説話的物語を書くことから、次第に現代ものを書くようになる。

芥川は、『ウィリアム・モリス研究』を卒業論文として英文科を卒業していた。『モリス記念論集』(モリス生誕百年記念協會)が日本で発刊されたのは、一九三四年(昭和九)であった。「日本モリス文献目録」と「モリス年表」を附している。

芥川が『河童』を書き、自殺に追い込まれたのは一九二七年（昭和二）のことである。小林秀雄は、芥川の自殺に触発されて、初めての評論「芥川龍之介の美神と宿命」を書いた。芥川の依拠する理知主義（主知主義）も、ヨーロッパの第一次大戦後の文芸思潮のひとつであったが、小林秀雄は芥川的な理知主義への拒絶を示すと同時に、芥川龍之介のなかに「意外に古風な日本的詩人を発見」している。当時の小林秀雄は、長谷川泰子と同棲中であり、生活レベルからの文学と実人生に苦悶していた。しかし、芥川の心身の気質や病理および『文芸的な、余りに文芸的な』による書くことに対するいき詰まりの問題だけではなく、震災による喪失感と内面の空白感、社会的な混乱が『西方の人』や『或阿呆の一生』に大きく影響を与えていたことは、想像に難くはない。

東日本大震災、三・一一以後、個人的な精神の空白感、社会的な抑圧感や政治的な空洞と無力感が顕現するなかで、知らず知らずのうちに夜中に眼が覚めることがある。知らず知らずのうちに酒量が多くなる者もあるだろう。知らず知らずのうちに、ギャンブルの世界に深く入り込んでしまうということもある。過去から現在を流れる時間を生きながら、三・一一という限界体験の試練を今もなお抑圧として受けている私たちに、コロナウィルスは新しい漠然とした不安をもたらした。新しい未来が過去に流れる「時間」となった。そこに、未来が過去に変わる「現在」の瞬間が「歴史」となって重なる。

このようななかで、新しいポエジーをどのように考えていくかが問われている。私たちのポエジーにおいて、エズラ・パウンドのいう「make it new」は可能だろうか。「It」とは、「もの」ではあるが、確かな「私たち」であり、「あなたたち」の新しい実存である。私やあなたのそれぞれの生活があり、それぞれのポエジーがある。ポエジーとは詩であり、文学であり、芸術のことだが、そのむこうには「歴史」としてのいのち（命）がある。自分のもっているものに満足している人も、自分のもっているものに満足していない多くの人も、もろもろの実情を含めた、自らの命にかかわる内容を来る新時代の経験として包含している、それが「歴史」のなかから読み出すべき心性である。

一九二九年のアメリカのウォール街に端を発した株価の大暴落によって、世界恐慌が起こった。オーストリアの中央銀行が破産するのはそれから一年半から二年後のことであり、ドイツの金融恐慌に波及したのはさらに翌年の一九三一年のことであった。アメリカの経済政策は、伝統的に自由主義的な開放政策と保守主義的な規制政策の繰り返しである。そのアメリカという超資本主義国が再び経験したリーマンショック以後、いったんは、世界各国が水際で経済の安定を志向したが、国内のデフレとドル・ユーロの同時安の状況下で、ギリシアに端を発する経済危機をどのようにみるかは、単なるアナロジーとして見据える以上に憂慮すべきことだったかもしれない。ドイツに金融恐慌が波及した一九三三年、オーストリアのウィーンで首相が暗殺され、アジアの中国では、日本軍による柳条湖事件から満州事変へと時代が変遷していくのは、歴史が語るところである。

モダン都市の表層を中心に共時的な勢いで生成発展したモダニズムだが、そこには、伝統と革新がさまざまな姿をとってモダンアートの坩堝となってうごめいていた。例えば一九二一年には、モネの「睡蓮」とモンドリアンの「コンポジション」が、時を同じくして制作されている。カンディンスキーとシェーンベルクの脱構築の芸術が、基底的な観念を不透明性と未完結な時代の「歴史」に投げこんだ。エリオットは、連載中の『ユリシーズ』をよく読んでいた。とすれば、『荒地』は、企投された『ユリシーズ』の影響を受けているはずである。

この年は、西脇順三郎がイギリスのロンドンに着いた年である。サウス・ケンジントン地区での現代詩や現代文学、前衛的な絵画や彫刻や音楽を混沌のなかに体験するモダンアートとの出会いこそ、日本のモダニズムの黎明であるが、そのときに西脇は柳田國男という存在とも出会っていた。ジョン・コリアーのすすめにより、『クライティーリオン』誌に掲載された『荒地』の新しい詩の洗礼を受けたとき、一九二一年に縮約版が世に出て流布したフレーザーの『金枝篇』の存在も、巫女のクーマという民俗的事物にも出会ったのである。「無方法の方法」による柳田國男の民俗学の方法は、フレーザーの『金枝篇』に多くを負っていた。

時代は一九二〇年代を下るが一九三五年、すなわち昭和十年から二十年にかけて、骨董と「当麻」

「徒然草」「無常といふ事」「西行」「実朝」「平家物語」に至る中世論を書く小林秀雄は、当時身体論的レベルで日本の古典文学を体験していた。昭和十九年には、六ヶ月も滞在していた南京の街で、「モオツァルト」の原型を書き始めている。これらは、戦後ほどなくして『無常といふ事』および『モオツァルト』として上梓された。江藤淳と「歴史について」の対談をした小林秀雄には、四つの「歴史」にかんする文章がある。戦前の「ドストエフスキイの生活」の「序」（歴史について）と、「歴史と文学」、戦後の「考えるヒント」のなかに河上徹太郎の「列伝」や「荻生徂徠」にかんする「歴史」の文章がある。小林は、『本居宣長』を書きながら、荻生徂徠の「学問は、歴史に極まり候事に候」と「全ての学問の道は文章の他これ無く候」と、歴史と言葉の問題を語る。日本人が文章というものを本当の思索（思考）の道具としたのは、漢字を訓み下した「漢字仮名交じり文」からのことである。

　また、小林秀雄より八歳年長の西脇は、『古代文学序説』にとりかかる一方で、当時日本画や水墨画を書くようになり、晩年の萩原朔太郎と頻繁に交際する以外は、ニューカントリー派的な「新領土」への参加も固辞するなど、沈黙の十年を過ごしていた。そして昭和十九年の暮れから故郷新潟の小千谷に疎開すると、そこで日本の古典文学を読み漁ることになる。『旅人かへらず』の構想から発表、その後の『近代の寓話』以後の「世紀末」文化からモダニズムと民俗学的視点のふたつの融合による新時代に通ずる作品世界への展開へと続いていく。戦後の西脇の翻訳となる『荒地』は、慶應義塾賞を受けた。小林秀雄が取締役をしている創元社から発刊されたものである。

3　パウンドとフェノロサ

エズラ・パウンドの「make it new」の意味するところは、古典と当時の世俗のふたつの新時代の異質なものの統合であった。『ユリシーズ』や『荒地』の作品に丹念に眼を通せば、新しさと古典からの引用が、世俗的な部分の諧謔と引用の難解さの混在として散見できる。『荒地』の引喩による古典と現代文明の風俗の並置もその原注の解説も、『ユリシーズ』の古典叙事詩の『オデュッセイア』を下敷きにして、ケルト人の民俗的な世界と言葉遊びや文体の冒険による意識の流れの新しい文学としての内容と形式が、如実に示されている。パウンドの手法を基本的に踏襲する西脇順三郎の詩論を背景とした『西脇順三郎全詩引喩集成』第二部の「引喩出典解説」の労作が、思い起こされてくる。

パウンドは、「クール湖の野生の白鳥」（一九一九）を書いたイェイツの私設秘書をしていた。パウンドの手元に、東京で梅若実から能を教わったことがあるフェノロサが亡くなると、未亡人から、「能」と「漢詩」の翻訳の遺稿がとどいたのは、数年前にさかのぼる。私たちは、ナチスドイツとの関係から日本を去ったブルーノ・タウトがトルコのイスタンブールで客死すると、未亡人の手によって遺品のすべてが愛する日本に送られて来たことを知っている。

イェイツとパウンドとフェノロサの年譜を共時的に閲覧してみれば、新時代の世界がすでにグローバルな視点でつながっていることがわかる。パリにいたイェイツに諭されて故郷のアイルランドに帰ったシングは、地方主義（リージョナリズム）の『アラン島』を書く。伊藤道郎が、当時のロンドンに滞在して社交サロンで能の踊りをしていることを聞き知ったパウンドは、フェノロサの遺稿である能の訳稿を完成しようとしていた。パウンドは、カフェ・ロワイアルにまで伊藤を探しに来ると、ぜひ手伝ってほしいとたのんでいる。そのとき伊藤は、「白樺」や柳宗悦の近くにいた郡虎彦（『郡虎彦　その夢と生涯』杉山正樹）と久米民十郎をともなって、「謡」をパウンドに聴かせた。イェイツは、パウンドとの交友のなかから、「能」のイメージを得ると、『鷹の井戸』を始めとするアイルランドの民謡に基づいた劇作をおこなった。キュナード夫人のサロンでは、イェイツも招かれて、郡も「謡」の演技に参加しての「鷹の井戸」が初演されたのだ。

フェノロサは、スペイン系アメリカ人である。アメリカ東部のマサチューセッツ州の古都セーラムに生まれた。この町には、『白鯨』はもとより、『バートルビー　偶然性について』（ジョルジョ・アガンベン）によって再評価されるナサニエル・ホーソンも生まれている。フェノロサは日本滞在中に、岡倉天心と交友し、日本美術の研究を進めていた。やがて日本を去ると、「フェノロサコレクション」で知られるボストン美術館でキュレーターの仕事をしながら、日本文化の紹介を行っていた。小林秀雄は、日本には欧米に比べて美術史のようなものがないので、若い人にはフェノロサの美術史をすすめていると、折口信夫との対談で述べている。

フェノロサが亡くなったのは、ロンドンの街だった。遺体は火葬にされ、遺骨はシベリア鉄道で運ばれ、琵琶湖のほとりの園城寺（三井寺）の高台に埋葬されている。藤田嗣治が戦後、ニューヨークからパリに拠点を定め、最終的にはシャンパーニュ地方のランス郊外に、礼拝堂を作り、そこで客死している姿とは、まことに反対の人生である。若き岡倉天心とフェノロサは、能「三井寺」で知られる園城寺を訪れ、仏教に深く帰依していた。いまフェノロサのお墓は、この寺の一角にある。

4　一九二〇年代という世紀末

一九二〇年代のヨーロッパのモダニズムの影響が、今日の日本の文化になお大きな影響を与え続けている。その時代、日本においては関東大震災という文明史的な大きな断層があった。そのなかを潜り抜けるように生き続けた日本の作家や詩人や芸術家の多くの足跡をたどることは、今日、背景となる心性の意味内容や「歴史」意識を探ることであり、特にポストコロナやウィズコロナの新時代にとっては意味があることと思われる。なぜならば、そこに失われた詩《ポエジー》をとりもどす営為があり、現在から過去への対話を通じて見出す未来への「歴史」の探求があったからである。

　柄谷行人は、『批評とポスト・モダン』（一九八五）の文芸批評から、昭和や戦後の終焉を思考する『終焉をめぐって』（一九九〇）と、時代の動きに歴史意識を言及する『〈戦前〉の思考』（一九九四）で、近代の超克の問題を直接的に論じようとした。江藤淳は『昭和の文人』（一九八九）で、昭和の時代を生きる平野謙と中野重治と堀辰雄を論じた。柄谷行人の『日本近代文学の起源』（一九八〇）は、大半が江藤淳のかかわる『季刊芸術』に掲載されたものである。ここには、柄谷行人の歴史意識がみえるのだが、『終焉をめぐって』所収の「固有名をめぐって」の最初の論考は、「一九七〇年＝昭和四十五年――近代日本の言説空間」である。明治以降の文学及び思想の言説空間を「対外的」な西洋とアジアの軸を横軸とし、「対内的」な国権と民権の軸を縦軸に置き、その両者が交わる四つの空間に、明治以降の近代と反近代およびポスト近代の言説の問題を近代の超克を踏まえて考えようとする。日本近代の「ブルジョア的近代化」や「マルクス主義」の問題に総括的な照明が当てられ、「帝国主義」と「アジア主義」にまたがる戦争期へと続く構図が、現在からの過去へと対話がなされ、同一性としての近似値の批評軸になっている。

　大都市と地方都市への人口の移動、特に東京を中心とした人口の集中は、大正デモクラシーの下に「改造」の時代を迎えたというのが、今日の歴史家の立場である。普通選挙法と治安維持法の両義的な施策があり、都市の労働争議や女性の活動が顕著になった。関東大震災によって、東京への動きは、一時中断と停滞と地方への拡散を余儀なくされたが、都市生活者を中心として『改造』や『思想』が読まれ、東京駅を中心とする都市への鉄道の普及により、いわば中心（都市）と不在（世界）の「あいだ」をミニチュアとしての地方から東京へと、人々が再び移動した時代だった。一九二〇年代から一九三〇年代には、そこに、都市から地方への旅のエクリチュールが、書物を横切りつつ、新たなテクストを生んだ。

しかし、やがて「帝国」の広がりとして収斂する朝鮮半島や台湾や樺太、関東州（大連）や中国満州や太平洋の南洋諸島に至る、ポストコロニアル文学の対象となる植民地（世界という地方）へと人々の欲望と抑圧の移動があった。

明治以後の日本の近代化は、近代資本主義的な進出を併せもつ国民的な解放と独立の動きであったが、西欧諸国やアジア大陸に対する国権意識の拡張と、日本の人権意識の発露である民権思想となって、同時的に発生した。そのような丸山眞男のいう「明治国家の思想」がある。一九一〇年をむかえて、大逆事件と韓国併合があり、海外と植民地への移動のなかで日本内地の政治・経済の諸矛盾が社会的に露出する。朝鮮半島の三・一五事件では、柳宗悦が『改造』に批判の文章を載せた。柳が事務的な中心となった雑誌『白樺』が創刊されると、翌年には雑誌『青鞜』が創刊された。

一九二〇年代の直前には米騒動を契機に、都市部での労働争議と地方での小作争議が相次いだ。都市にはサラリーマンが生まれ、家族の形成に対応して、雑誌『主婦の友』や『赤い鳥』が創刊される。いわばこの米騒動と満州事変の間に、関東大震災と昭和への改号があった。震災後には、ラジオ放送が開始され、『文藝戦線』や大衆誌『キング』が売れ行きを伸ばしていた。

やがてくる暗雲を前にして、エロ・グロ・ナンセンスの流行が都市を席巻する。経済的には、地方議会や労働争議の限界が露呈され、造船や金融バブルから一挙に大戦後のバブル崩壊となり、震災後は慢性的な不況から深刻な金融恐慌と昭和恐慌におそわれた。

一方、日本の近代化に伴うヨーロッパの文化の急激な輸入による諸学問やモダニズム諸芸術との出会いが、日本の伝統との摩擦や融合との起爆剤となっていた。そこにあるのは、日本的な「表現主義」が、西洋の「世紀末」を吸収して、「日本の世紀末」として初めてその内実を伴い始める姿である。写真やコピーやレプリカを反映した多様なモダニズムの芸術が、その「日本の世紀末」の表層を大きく彩った。今や中心（都市）と不在（世界）の「あいだ」には、「外の思考」と、「日本の世紀末」と、日本の「内の思考」との新しい差異が顕現し始めていた。

柄谷行人の「風景の発見」や「内面の発見」や「児童の発見」と同じように、「東京」を中心とした時代の文学テクストのなかに、ヴァナキュラーな「地方」とコロニアルな「植民地」の発見がある。経験論的ではあるが、ある意味での現象学的還元による「奈良」や「沖縄」の発見が、日本人の精神史のうえからも、また空間の経験による深層心理によっても、歴史の空白からよみがえるように存在した。

しかし、ナショナリズムの高揚から全体主義を経て、超国家主義となる一九三〇年代以後は、発見された「奈良」は日本固有の文化から逸脱し、さらには自らを疎外することとなる。「沖縄」は、戦火によって「原日本」の歴史から断絶することになる。それが一九二〇年代の後にたどった事実としての歴史である。

おわりに

この論考は、一九二〇年代の時代と東京での作家や詩人たちの生活や活動の一端を考察している。特に堀辰雄、高村光太郎、横光利一の三人の詩的ポエジーを再考する事で、現代社会からみた「歴史」の流動的な意味について論じようとしている。もちろん一九二〇年代とはいっても、その前期と後期を含めると、一九一〇年から一九三〇年代まで幅のある時空間が対象となった。一人ひとりの読み直しを通じて、固定された存在や出来事としての「歴史」から、現代社会にとって流動する事象としての「歴史」へと、なんらかの再評価を提出するものである。

歴史という妖怪によって、今まで負とされて来たものを復活や逆転することを志向するものではないにしても、傾いた時計の秒針をもとに戻すことによって、文学や詩と時代や歴史との関係を新たな意味で問い直したいという思いがあった。特に堀辰雄、高村光太郎、横光利一の再評価の問題を提出したいと思う。

第一次大戦後のT・S・エリオットの言葉に、二十五歳をすぎても詩人たることを続けたい人にとって、「伝統と個人の才能」において欠かすことのできないものが「歴史意識」である。この「歴史意識」に文化の連続性をみるエリオットは、歴史にひときわ重要な意味を込める。彼は自ら英国に帰化し、カソリックに改宗している。他方、アドルノの名言「アウシュヴィッツのあとで詩を書くことは野蛮である」という文化批判がある。野蛮と文化が共存した世界大戦をめぐる思考は、ともすれば、戦後社会から事後的に戦争やファシズム、ナチズムといった全体主義を極度に負性として批判する姿勢に通ずる思考に陥りがちであった。そしてそこには、分断と戦争に至る「東西」や「南北」の問題もあった。そして戦後五十年を過ぎる頃から、自由な市場経済と民主主義体制がファシズムやスターリニズムに打ち勝つことによって「歴史」が「終焉した」といわれ始める。「歴史の終わり」（一九九二年、フランシス・フクヤマ、邦訳二〇〇二年）である。

とはいうものの、アメリカの新保守主義や新自由主義の背後からやって来たトランプ大統領就任前後から、再び歴史は動き始めているようだ。ポピュリズムと権力主義による社会の分断が進み、国家の実態を動かそうとする利権の存在が露わになり、権力そのものによって深刻な危機がもたらされている。ソビエト連邦解体後、強いロシアを目指すプーチン大統領の長期政権からも、中国の習近平による権力維持とそのためのグローバルな施策からみえてくる抑圧や覇権からも、同一の危機的なものがある。一元的な全体主義の様相を露呈する、権力の時代となったのであろうか。かつて鮎川信夫は、戦後初期に「アメリカ」という詩を書いた。反時代的な思考として、社会の動きと自由な個の原理の時代の詩を、歴史性に直結させた。鮎川信夫のアメリカ論には、吉本隆明の修正主義に対する根源的な反感もあった。いまや「歴史の終焉」は、再び「歴史とは何か」という問いへと投げかえさなければならない。政治と社会が変化している。私たちがもつ「歴史」の実態をよくよくみることを切に迫ってきている。

本書は「一九二〇年代の東京」と題されている。「一九二〇年代」と「東京」という重層するふたつの分脈がある。今からほぼ百年前であるが、コンピュータを除けば、現代文明の原点ともいうべき種々のテクノロジーや文化現象はすでに発生していた。一九二〇年代は、ヨーロッパの世紀末が到達したいわば「日本近代の世紀末」だったが、現代日本の精神状況をみるなら今こそ「現代日本の世紀末」といっても良い。昭和の終焉からバブルの崩壊、阪神淡路大震災とオウム事件・地下鉄サリン事件は一九九〇年代、「世紀末」の様相を呈した。さらには、九・一一の影響からリーマンショックを経て、三・一一の東日本を覆った大災害と現代なお不気味に進行するコロナウイルスによるパンデミックは、この現代の「世紀末」が持続していることを示している。

　こうしたなかで、はたしてどのように生き続けることが可能か。そのためにはどのような思索を、この「不可能性」のなかから取り出すことか。いい方を変えれば、時代の「指向変容」の「閾」には何が可能であるかを問いたかった。

　私はこれまで、人間の苦を共感のうちに思索するとき、立ち還る思索とはどこにあるのか、何かを素朴に考えていた。「反時代的な様式で行動すること、すなわち時代に逆らって行動することによって、時代に働きかけること、これこそが来たるべきある時代を尊重する事である」（ニーチェ「反時代的考察」）。間接性（非直接的）にしか関与できなかったが、関東大震災から百年後というときを迎えようとしていることに改めて気づかされたとき、私の「指向変容」が起こった。

　東京の一隅で働き、日々を忙しく暮らしていたさなか、三・一一と命名されることになる当日と遭遇した。机の下で、揺れに任せたまま息を潜ませていた自分の姿が思い起こされるばかりだ。背後で家財が倒れ出し、一向に収まらない前後左右の揺れのなかで、そのとき、直感的に脳裏に滲みでる引っかかりのような「幻影」があった。

　オフィスに閉じ込められて、その夜を明かした。一夜の透明なその時間の流れこそ、私が三・一一を生きた瞬間であった。その後、私自身にとっては自らの権限以上に拡大された仕事にまみえながら、大病を患うことになり、三・一一の出来事への直接的な救済に関与することは、事実上不可能となった。表立った活動には、残念ながら立ちあえる状況になかった。それからの時間がどのように流れたか、私自身にも、よくわからないところがある。

直感で感じた「幻影」とは、一九二〇年代の東京を襲った関東大震災について書くことであった。「荒地」の詩人田村隆一は、一九二三年の関東大震災の年に生まれていることも脳裏をよぎった。三・一一の後、ドナルド・キーン氏が日本国籍を正式に取得して、帰化したという報に触れ、私は書かねばならないと思った。東日本大震災の与えた甚大な外的および精神的傷痕に私なりに報いたいという思いを、一九二〇年代を深く探り綴ることにぶつけることにした。

「歴史とは、いつの場合でも人間にとって見通しのきいた過去であり、同化された過去の明るみであり、由来の意識である」（カール・ヤスパース『歴史の起源と目標』）。人類は、先史時代、古代高度文化時代（エジプト、メソポタミア、インダス、黄河）、枢軸時代（ギリシア、パレスティナ、イラン、インド、シナ）、そして科学的―技術的時代がそれぞれに新しい基礎からの出発として、限界状況の実存を破開して呼吸してきた、とヤスパースは書いている。

第一次世界大戦による、科学技術と民主主義からなるヨーロッパの疲弊について語ったのはポール・ヴァレリーであった。吉田健一は『ヨオロッパの世紀末』のなかで、十八世紀に完成をみたヨーロッパが十九世紀に成熟した「世紀末」を象徴的に経験する、それはヨーロッパ自身の自分が何であるかを問いただす仕事としての「世紀末」であった、と書いている。

　こうした意味からすれば、西洋（オクシデント）と東洋（オリエント）で差延されつつ共時的時代としてみえてくる「ヨーロッパの世紀末」の外観を纏った日本の「一九二〇年代」が、日本とは何か、東京とは何かが問われた「日本の時代」「東京の時代」であったことがみえてくる。そこには地方の発見もあった。今日の「例外状態」（カール・シュミット）や「全体主義」（ハンナ・アーレント）へと接近する時代にあって、「世紀末」的現象から人間の再生と復権を現代に問うことこそ、西洋的思惟の乗り超えと大乗的な衆生済度として、現象と自然学の起点をみることに等しいだろう。

　本論は、三・一一以後、仕事をしながら各種雑誌に継続的に発表されたものを基にして、発行のための準備を進めながら精査し、大きく加筆がなされている。武田肇氏ほか関係者には、心よりの感謝をして、その労に報いることで責を果たしたいと願っている。

　本書の発刊に際しては、快く労を執ってくださった左右社の小柳学社長と本書に適切な読みと全体から細部に至る統一的な文脈を与えてくれた東辻浩太郎氏に、心よりお礼を申し上げ、本稿の擱筆と致します。

岡本勝人（おかもと・かつひと）
一九五四年生まれ。詩人、文芸評論家。

評論集

『ノスタルジック・ポエジー　戦後の詩人たち』（二〇〇〇年、小沢書店）
『現代詩の星座』（二〇〇三年、審美社）
『「生きよ」という声　鮎川信夫のモダニズム』（二〇一七年、左右社）
『詩的水平線　萩原朔太郎から小林秀雄と西脇順三郎』（二〇一九年、響文社）

詩集

『シャーロック・ホームズという名のお店』（一九九〇年、思潮社）
『ビーグル犬航海記』（一九九三年、思潮社）
『ミゼレーレ　沈黙する季節』（二〇〇四年、書肆山田）
『都市の詩学』（二〇〇七年、思潮社）
『古都巡礼のカルテット』（二〇一一年、思潮社）
『ナポリの春』（二〇一五年、思潮社）

編著・執筆

『現代日本と仏教Ⅲ　現代思想・文学と仏教』（二〇〇〇年、平凡社）「三島由紀夫の文学と仏教」

『立原道造詩集』（二〇〇三年、ハルキ文庫）「解説」

疋田寛吉『詩人の書』（二〇〇六年、二玄社）

『展望　現代の詩歌2　詩II』（二〇〇七年、飛高隆夫・野山嘉正編・明治書院）「清岡卓行」

『定本清岡卓行全詩集』（二〇〇八年、思潮社）「解題」

柳宗悦『木喰上人』（二〇一八年、講談社文芸文庫）「解説」

１９２０年代の東京　高村光太郎、横光利一、堀辰雄

二〇二一年六月三十日　第一刷発行

著者　岡本勝人

発行者　小柳学

発行所　株式会社　左右社
〒一五一―〇〇五一　東京都渋谷区千駄ヶ谷三―五五―一二　ヴィラパルテノンB1
ＴＥＬ　〇三―五七八六―六〇三〇　ＦＡＸ　〇三―五七八六―六〇三二
http://www.sayusha.com

装画　古賀春江（「窓外の化粧」カバー・扉、「現実線を切る主智的表情」表紙）

装幀　清岡秀哉

印刷　創栄図書印刷株式会社

Printed in Japan. ISBN978-4-86528-035-7